CATALOGUE

DE

LIVRES RARES

ET CURIEUX

Composant la Bibliothèque

DE FEU M. EMILE DESBOIS

Ancien Notaire

OUVRAGES SUR LES BEAUX-ARTS, POÈTES, CONTEURS,
LIVRES DU XVIIIe SIÈCLE, CONTES DE LA FONTAINE, FERMIERS GÉNÉRAUX
AVEC VIGNETTES ET CULS-DE-LAMPE, TIRAGE HORS TEXTE
SUITE DE ROUSSEAU, LONDRES 1774-1783, AVEC LES 28 EAUX-FORTES
DE MOREAU ET CULS-DE-LAMPE, EXEMPL. DE RENOUARD.
FABLES ET BAISERS DE DORAT GR. PAPIER, ETC.
COLLECTION JOUAUST, LEMERRE, SUR PAPIER DE CHINE ET WATHMAN.
RICHES RELIURES DE THOUVENIN, CAPÉ, LORTIC,
MASSON-DEBONNELLE, CHAMBOLLE, CHAMPS, RAPARLIER, ETC.

LA VENTE AURA LIEU
PAR MINISTÈRE DE COMMISSAIRE-PRISEUR
ASSISTÉ DE M. ERNEST SCHNEIDER

Le Mardi 22 Octobre et les trois Jours suivants

A DEUX HEURES PRÉCISES

A L'HOTEL DES VENTES DE ROUEN
Salle du 1er Etage
46, RUE SAINT-NICOLAS, 46

ROUEN
LIBRAIRIE E. SCHNEIDER
26, Rue Jeanne-Darc. 26

1901

CATALOGUE
DE LIVRES
RARES ET CURIEUX

CONDITIONS DE LA VENTE

La vente se fait au comptant.

Les acheteurs paieront en sus des enchères dix pour cent, applicables aux frais.

Les livres vendus devront être collationnés sur place, dans les vingt-quatre heures de l'adjudication. Passé ce délai, ou sortis de la salle de vente, ils ne seront repris pour aucune cause.

Il y aura Exposition chaque jour de vente, de 9 heures 1/2 à 11 heures du matin.

M. E. Schneider remplira, moyennant la commission d'usage, les ordres d'achats qui lui seront confiés.

ORDRE DES VACATIONS

Mardi 22 Octobre	. . . .	1 à 150
Mercredi 23	—	151 à 301
Jeudi 24	—	302 à 451
Vendredi 25	—	452 à fin.

Au commencement de chaque vacation, il sera vendu de bons Livres en lots.

CATALOGUE

DE

LIVRES RARES

ET CURIEUX

Composant la Bibliothèque

De Feu M. Emile DESBOIS

Ancien Notaire

OUVRAGES SUR LES BEAUX-ARTS, POÈTES, CONTEURS,
LIVRES DU XVIIIe SIÈCLE, CONTES DE LA FONTAINE, FERMIERS GÉNÉRAUX
AVEC VIGNETTES ET CULS-DE-LAMPE, TIRAGE HORS TEXTE
SUITE DE ROUSSEAU, LONDRES 1774-1783, AVEC LES 28 EAUX-FORTES
DE MOREAU ET CULS-DE-LAMPE, EXEMPL. DE RENOUARD.
FABLES ET BAISERS DE DORAT GR. PAPIER, ETC.
COLLECTION JOUAUST, LEMERRE, SUR PAPIER DE CHINE ET WATHMAN.
RICHES RELIURES DE THOUVENIN, CAPÉ, LORTIC,
MASSON-DEBONNELLE, CHAMBOLLE, CHAMPS, RAPARLIER, ETC.

LA VENTE AURA LIEU
PAR MINISTÈRE DE COMMISSAIRE-PRISEUR
ASSISTÉ DE M. ERNEST SCHNEIDER

Le Mardi 22 Octobre et les trois Jours suivants

A DEUX HEURES PRÉCISES

A L'HOTEL DES VENTES DE ROUEN
Salle du 1er Etage
46, RUE SAINT-NICOLAS, 46

ROUEN
LIBRAIRIE E. SCHNEIDER
26, Rue Jeanne-Darc, 26

1901

CATALOGUE

DE LA

BIBLIOTHÈQUE

De Feu M. Emile DESBOIS

---

1. **About** (Edmond). L'Infâme. *Paris, Hachette*, 1867; in-8, demi-rel. mar. La Vallière, dos et coins, tête dorée, non rogné.

   Edition originale.

2. **Adeline** (Jules). Les Quais de Rouen, autrefois et aujourd'hui. 50 eaux-fortes, avec texte et légendes. *Rouen, Augé*, 1879; in-fol., dans un carton.

   L'un des 125 exemplaires tirés sur papier de Hollande de Van Gelder. N° 116. — Bel ouvrage des plus curieux.

3. — Rouen au XVIe siècle, d'après le manuscrit de J. Le Lieur (1525). 20 eaux-fortes avec texte. *Rouen, Lestringant*, 1892; in-fol. en feuilles.

   Tiré à 50 exemplaires.

4. **Album de la Gazette des Beaux-Arts**. 50 gravures d'après les maîtres anciens et modernes : Raphaël, Ingres, Michel-Ange, Delacroix, Rembrandt. Alb. Durer, Corot, Breton, etc. *Paris, Bureau de la Gazette des Beaux-Arts*, s. d.; gr. in-fol., demi-rel. mar. rouge, tr. dor.

5. **Anacréon.** Odes avec 54 compos. par Girodet, reprod. par la phot.: traduction d'Ambr.-Firmin Didot. *Paris, Didot*, 1864; in-16. *Virgilii* (Publii) Maronis Carmina omnia. *Parisiis, Didot*, 1858; in-16. — *Horatii* (Quinti) Flacci Opera. *Parisiis, Didot*, 1855, in-16.— Ensemble 3 vol. in-16, fig., cart. percal., non rognés.

6. **Année Rouennaise** (L'). Rouen en 1886. Préface par H.-B. de Lapommeraye. Texte par A. Fraigneau, Dubosc,

J. Adeline, etc. Illustrations par J. Adeline, E. de Bergevin, etc. *Rouen, imprimerie de Léon Deshays*, 1887; pet. in-fol., couv. illustrée, broché.

7. **Apulée.** L'Ane d'or ou la Métamorphose. Traduction de Savalette, préface de J. Andrieux, avec nombr. gravures dess. par Racinet. *Paris, F. Didot*, 1872; in-8, fig. front. grav., broché.

8. **Arétin d'Auguste Carrache** (L'), ou recueil de postures érotiques, d'après les gravures à l'eau forte de cet artiste célèbre, avec un texte explicatif des sujets (par Croze-Magnan). *A la Nouvelle Cythère (Paris, F. Didot)*, s. d.; gr. in-4, avec 20 pl. gravées par Coiny, mar. rouge jans., dent. int., tr. dor. *(Petit)*.

Exemplaire rare et de belle conservation.

9. **Armengaud.** Le Livre d'or de la peinture. *Paris, typographie Wiesener*, 1866; in-fol., demi-rel. perc. ornée, tr. rouge avec semis de croix d'or.

10. — Les Galeries royales d'Angleterre : Windsor, Buckingham, Osborne. *Paris, typographie Wiesener*, 1866; in-fol., demi-rel. perc. ornée, tr. bleue avec semis de croix d'or.

11. **Arioste.** Roland furieux, poème héroïque. Traduction nouvelle par M. le comte de Tressan. *Paris, Laporte*, s. d.; 4 vol. in 4, figures de Cochin, cart., non rognés.

Belles épreuves.

12. **Art** (L') **ancien** et l'**Art moderne** à l'Exposition de 1878. Par MM. Ed. de Beaumont, Edm. Bonnaffé, F. Darcel, Paul Mantz, Eug. Piot, A. de Montaiglon, etc. *Paris, Quantin*, 1879; 2 vol. gr. in-4, pl. et fig. brochés.

13. **Artiste** (L'). Revue du XIXe siècle. Histoire de l'Art contemporain. Rédacteur en chef Arsène Houssaye. Année 1867, avril à décembre. — Année 1868, janvier à mars. 4 vol. gr. in-8, fig. mar. vert, fil., dos mosaïqués, dent. int., magnifiquement relié., tr. dor.

Taches de rousseur.

13 bis. — Revue du XIXe siècle. Histoire de l'Art contemporain. Rédacteur en chef Arsène Houssaye. 11 années, 1865 à 1875, en livraisons. Manque juillet et octobre 1872.

Nombreuses gravures.

14. — Recueil de 48 planches extraites de l'Artiste, en 1 vol. in-fol., demi-rel. mar. vert, dos et coins, tête dor., non rogné.

15. **Aucassin** et **Nicolette.** Chantefable du XIIe siècle, traduite par A. Bida. Révision du texte original et préface, par Gaston Paris. *Paris, Hachette*, 1878; in-4, 9 figures de Bida, broché.

L'un des 100 exemplaires tirés sur pap. Whatman. N° 67.

16. **Augier** (Emile). L'Aventurière. Comédie en cinq actes et en vers. *Paris, Hetzel*. 1848; in-8, demi-rel. maroq. ch. violet, non rogné. (Couvert. conservée).

Edition originale. — Très-rare.

17. **Balzac.** Les Contes drolatiques colligés ez abbayes de Touraine et mis en lumière par le sieur de Balzac pour l'esbattement des pantagruelistes et non aultres, illust. de 425 dessins, par G. Doré. *Paris, Garnier, frères*, s. d. (7e édit.); vol. in-8, mar. rouge, dos orné, fil., tr. d. *(Capé, Masson-Debonnelle)*.

L'un des quelques exemplaires tirés sur papier de Chine. — Rare.

18. **Balzac** (H. de). La Peau de Chagrin. Edition illustrée par 100 gravures en taille douce. *Paris, Abel Ledoux*, s. d. (1838); gr. in-8, demi-rel. maroq. ch. violet, tr. marb.

Belles épreuves d'un ouvrage rare gravées d'après les dessins de Gavarni, Baron, Janet-Lange, etc.

19. — Œuvres complètes, *Paris, A. Houssiaux*, 1855; 20 vol. in-8, figures, demi-rel. v. fauve, tr. marb.

Bel exemplaire de la 1re édition complète.

20. — La Comédie humaine. *Paris, Michel Lévy*, 1869-1876; 24 vol. in-8, brochés.

L'un des 200 exemplaires tirés sur grand papier de Hollande. N° 116.

21. **Balzac** (H. de). Le Père Goriot. Scènes de la vie parisienne. 10 compositions par Lynch, gravées à l'eau-forte par Abot. *Paris, Quantin*, 1885; gr. in-8, pap. vélin, broché.

22. — La Cousine Bette. 10 compositions par G. Caïn, gravées à l'eau-forte par Gaujean et Géry-Bichard. *Paris, Quantin*, 1888; gr. in-8, pap. vélin, broché.

23. — Le Colonel Chabert, avec 1 portrait et 4 compositions de Delort, gravées par Boisson. *Paris, Calmann-Lévy*, 1886; pet. in-8, pap. de Hollande, fig. avant la lettre, broché.

Joli exemplaire.

24. **Barabé** (A.). Recherches historiques sur le Tabellionage royal, principalement en Normandie, et Sigillographie normande en 24 planches (183 sceaux). *Rouen, H. Boissel*, 1863; gr. in-8, broché.

25. **Barbey d'Aurevilly**. Le Chevalier des Touches. Dessins de Julien Le Blant, gravés par Champollion. *Paris, Jouaust*, 1886; in-8, pap. vélin de Hollande, broché.

26. **Barbey d'Aurevilly** (J.). Les Diaboliques. *Paris, Dentu*, 1874; in-12, broché.

Edition originale. — Rare.

27. **Barré** (L.). Herculanum et Pompeï. Recueil général de Peintures, Bronzes, Mosaïques, etc., découverts jusqu'à ce jour..., gravés au trait sur cuivre par MM. Roux aîné et Bouchet, et accompagnés d'un texte explicatif. *Paris. Firmin Didot*, 1863; 8 vol, in-4, cart., non rog.

Le tome 8me contient le Musée secret.

28. **Basan** (F.). Dictionnaire des Graveurs anciens et modernes, 2e édition, considérablement augmentée et ornée de 50 estampes par différents artistes célèbres. *Paris, l'auteur*, 1789; 2 vol. in-8, mar. brun, fil., dos ornés, dent. int., tr. dor.

Bel exemplaire avec la gravure de B. Picart, pour le conte « du Rossignol. »

29. **Bartsch** (Adam). Le Peintre-Graveur. *Vienne, imprimerie de Degen*, 1803-1821; 21 vol. — Suppléments au Peintre-Graveur, recueillis et publiés par Rudolph Weigel. Tome Ier. — Ensemble 22 vol. in-8, avec monogrammes, demi-rel. mar. ch. vert, tête dor. tr. éb. (Avec 2 plaquettes in-fol. obl. brochées.)

Précieux et rare ouvrage des plus documentés.

30. **Baudelaire** (Charles). Les Fleurs du Mal. *Paris, Poulet-Malassis et de Broise*, 1857: in-12, demi-rel. mar. ch. rouge, tr. éb.

Edition originale. — Rare.

31. **Beauchesne** (A. de). Louis XVII. Sa vie, son agonie et sa mort; captivité de la famille Royale au Temple. 3e édition enrichie d'autographes et ornée des portr. de la famille royale, gravés sous la direct. de Henriquel-Dupont. *Paris, Plon*, 1861; 2 vol. gr. in-8, maroq. plein, violet, dos et pl. ornés de fleurs de lys, tr. dorées.

Bel exemplaire.

32. **Beaucousin** (L.-A.). Histoire de la principauté d'Yvetot. Ses Rois, ses Seigneurs *Rouen, Ch. Métérie*, 1884; in-4, figures, broché.

L'un des exemplaires tirés sur papier vergé, grand format. No 11.

33. **Beaumarchais** Théâtre complet. Réimpression des éditions princeps, avec les variantes des manuscrits publiés pour la première fois par G. d'Heylli et F. de Marescot, portrait à l'eau-forte par Gilbert, imprimé par D. Jouaust. *Paris, Académie des Bibliophiles*, 1869; 4 vol. in-8 brochés.

Exemplaire sur papier de Hollande, n° 48, auquel on a joint la gravure à l'eau-forte du portrait avant la lettre.

34. **Beaumarchais** (Caron de). Le Barbier de Séville. Comédie en quatre actes, avec une Notice par Auguste Vitu. — Le Mariage de Figaro, comédie en cinq actes, Dessins de S. Arcos, gravés à l'eau-forte par Monzies. *Paris, Jouaust*, 1882; 2 vol. in-8 brochés.

L'un des 20 exemplaires tirés sur grand pap. de Chine, avec la suite des planches en double état avant et avec la lettre. N° 21.

35. **Bellier de la Chavignerie** (Emile) et **Louis Auvray**, Dictionnaire général des Artistes de l'Ecole Française, depuis l'origine des Arts du dessin jusqu'à nos jours. *Paris, H. Loones*, 1882–1885; 2 vol. gr. in-8 brochés.

36. **Béraldi** (Henri). L'Œuvre de Moreau le jeune. Notice et Catalogue. Portrait gravé d'après Cochin. *Paris, Rouquette*, 1874; in-8, pap. de Hollande, broché.

L'un des 200 exemplaires. N° 194.

37. — Les Graveurs du XIXe siècle. Guide de l'Amateur d'Estampes modernes. *Paris, Conquet*, 1885-1892; 12 vol. gr. in-8, frontispices gr., brochés.

Exemplaire sur papier de Hollande.

38. — Estampes et Livres, 1872-1892. *Paris, L. Conquet*, 1892; in-4, planches, broché.

Ouvrage intéressant à consulter, tiré à 300 exemplaires.

39. **Béranger** (P.-J. de). Œuvres complètes. Nouvelle édition revue par l'auteur. Illustrée de 52 belles gravures sur acier, d'après les dessins de MM. Charlet, A. de Lemud, Johannot, Daubigny, Jacques, etc. *Paris, Perrotin*, 1847; 2 vol. — Dernières chansons, de 1834 à 1851. *Paris. Perrotin*, 1857; 1 vol. — Musique des Chansons de Béranger. *Paris, Perrotin*, 1851: 1 vol. — Ma Biographie. *Paris, Perrotin*, 1857; 1 vol. — Ensemble 5 vol. gr. in-8, demi-rel. mar. rouge, dos ornés et coins, tête dor., non rog. (*Petit.*)

Deuxième édition originale, publiée du vivant de l'auteur et corrigée par lui. — On a ajouté à ce bel exemplaire la suite des figures de Granville.

4 Planches sont en double :

La Métempsycose. — Le Chant du Cosaque. — Si j'étais petit oiseau. Le Chapelet du bonhomme.

40. **Béranger.** Chansons. Supplément. *Paris, chez les Marchands de nouveautés*, 1866 ; gr. in-8 broché.

L'un des 15 exemplaires tirés sur grand papier de Hollande. — Rare.

41. **Béranger.** Recueil des 53 figures pour l'édition des œuvres de Perrotin ; 1847, en 1 vol. in-8, demi-rel. mar. ch. violet.

Belles épreuves.

42. **Bérat** (Frédéric). Chansons, paroles et musique. Illustrations de Tony Johannot, Raffet, Bida, Mouilleron, C. Nanteuil, etc. Portrait de l'auteur dess. par Pollet, gr. par Aug. Blanchard. *Paris, A. Curmer, s. d.* (1853); in-8, demi-rel. mar. rouge, dos orné et coins, tête dor., non-rogné *(Capé)*.

Très-bel exemplaire

43. **Bernard** (Charles de) Gerfaut. 10 illustrations de Adolphe Weisz, gravées à l'eau-forte par H. Manesse. Paris, *Quantin*, 1889; gr. in-8, pap. vélin, broché.

44. **Béroalde de Verville.** Le Moyen de parvenir. Œuvre contenant la raison de ce qui a esté, est et sera. Avec notes, variantes, index, glossaire et notice bibliographique, par un bibliophile campagnard. *Paris, L. Willem*, 1870; 2 tomes en 3 parties, pet. in-8, fig. Contes en vers imités du Moyen de parvenir, par Autreau, Dorat, Grécourt, La Fontaine, etc.; avec les imitations de M. le comte de Chevigné et celles d'Epiphane Sidredoux. *Paris, L. Willem*, 1874; pet. in-8, fig. en double état.— Ensemble 3 tomes en 4 parties pet. in-8, brochées.

Exemplaires tirés sur pap. de Chine.

45. **Berquin.** Idylles, tome Ier, s. l. n. d. *(Paris*, 1775); in-12, fig., mar. rouge, fil., dos orné, dent. int., tr. dor. *(Duru)*.

Bel exemplaire contenant les 12 ravissantes figures de Marillier avant les numéros, appartenant à l'édition, et 13 gravures d'après Borel, provenant des éditions de 1801 et 18[illegible].

46. **Berquin.** Suite de 97 figures in-32, dessinées par Borel.

Belles épreuves en feuilles.

47. **Bertall.** La Vigne. Voyage autour des vins de France. *Paris, Plon et Ce*, 1878; in-4, fig., broché.

48. **Bertrand** (Louis). Gaspard de la nuit, fantaisie à la manière de Rembrant et de Callot, nouvelle édition, augmentée de pièces en prose et en vers, introduction par Ch. Asselineau. *Bruxelles, Muquart; Paris, R. Pincebourde*, 1868; in-8, papier de Hollande, broché.

Tiré à 350 exemplaires.

49. **Bescherelle aîné**. Dictionnaire national, ou Dictionnaire universel de la langue française. *Paris, Garnier frères*, 1862; 2 vol. gr. in-4, demi-rel. ch. vert. tr. jasp.

50. **BIBLE (LA SAINTE)**, contenant l'Ancien et le Nouveau Testament, traduite en français sur la Vulgate, par M. Le Maistre de Sacy, nouvelle édition ornée de 300 figures gravées d'après les dessins de M. Marillier. *Paris, Defer de Maisonneuve*, an XII, 1789; 12 vol. gr. in-8, mar. rouge, dent., dos ornés, dent int., tr. dor. (*Rel. anc.*).

Magnifique exemplaire, d'une conservation parfaite.

51. **Bible (la Sainte)**, traduite en francais par Le Maistre de Sacy, accompagné du texte latin de la Vulgate. Nouv. édition revue par M. l'abbé Jacquet et ill. de nombr. grav. sur acier et de la suite des femmes de la Bible d'après les grands maitres des écoles italienne, française, espagnole et hollandaise. *Paris, Garnier frères*, 1867-1868; 6 vol. gr. in-4, maroq. vert, fil., dos ornés large dent. int, tr. dorées. (*Capé, Masson-Debonnelle*).

Très-bel exemplaire sur grand papier de Hollande, gravures sur chine avant la lettre. N° 79 sur cent exemplaires.

52. — **Bible (la Sainte)**, d'après la Vulgate; traduction nouvelle par MM. Bourassé et Janvier. *Tours, A. Mame et fils*, 1866; 2 vol. gr. in-folio, ill. de 230 gr., compositions de Gustave Doré et par les ornementations du texte de H. Giacomelli. — Cartonné rouge.

Exemplaire du 1er tirage auquel on a joint les gravures ajoutées au 2e tirage.

53. **Bible** (La). Traduction nouvelle, avec introductions et commentaires, par Edouard Reuss. *Paris, Sandoz et Fischbacher*, 1877-1881; 13 parties en 18 vol. in-8, brochés.

54. **Bibliophile fantaisiste** (le) ou Choix de pièces désopilantes et rares, réimprimées en 1869; *Turin, J. Gay et fils*, éditeurs, 12 numéros 1869, en livraisons.

Exemplaire n° 96. — Rare.

55. **Bibliothèque spirituelle**, publiée par M. de Sacy. *Paris, Techener*, 1854 et suiv.; 17 vol. in-12, maroq. brun, janséniste, tr. dor. (*Hardy*).

Cette collection se compose de : Imitation de Jésus-Christ; Sermons choisis de Bossuet, Bourdaloue, Massillon, 3 vol. Petits Traités de Nicole; Introduction à la vie dévote, 2 vol. Nouv. Testament, 3 vol. Lettres de Piété de Bossuet, 2 vol. Lettres spirituelles de Fénélon, 3 vol. Choix des Traités de Duguet, 2 vol.
Très-bel exemplaire avec une jolie reliure de Hardy.

56. **Bibliothèque de luxe** (Petite). *Paris, Quantin*, 1878-1885; 10 vol. pet. in-8, fig. par Dubouchet, Fr. Regamey, Masson, etc., brochés.

L'un des 100 exemplaires tirés sur papier du Japon avec la suite des eaux-fortes en double état, contenant :

B. de S.-Pierre, Paul et Virginie. — B. Constant, Adolphe. — Mme de La Fayette, la Princesse de Clèves. — Cazotte, le Diable amoureux. — Mme de Krudener, Valérie. — L'Abbé Prévost, Manon Lescaut. — Furetière, le Roman bourgeois. — Chateaubriand, Atala, René, le Dernier Abencerage. — Diderot, le Neveu de Rameau. — Mme de Tencin, Mémoires du comte de Comminges.

Collection complète de cette charmante édition.

57. **Blanc** (Charles). Grammaire des Arts du dessin. Architecture, peinture, sculpture, etc. *Paris, veuve J. Renouard*, 1867; in-4, fig., demi-rel. mar. La Vallière, dos et coins, tr. dor.

58. — Ingres. Sa vie et ses ouvrages. Avec un portrait du Maître, gravé par Flameng et 12 gravures sur acier. *Paris, veuve Renouard*, 1870; in-4, maroq rouge, fil., dos orné, dent. int., tr. dor. (*Masson-Debonnelle*).

Exemplaire tiré sur pap. de Hollande avec une reliure d'une grande fraîcheur.

59. **Boccace** (Jean). Le Décaméron de Jean Boccace. *Londres* (*Paris*), 1757-1761 : 5 vol. in-8, demi-rel., dos et coins mar. ch. rouge fil., tr. dor., éb.

Exemplaire de la plus belle édition de Boccace, illustré chaque volume d'un frontispice et de 22 gravures par Gravelot, Eisen et Cochin, avec des charmants culs-de-lampe à la suite de chaque conte.

Manque la gravure de la première nouvelle qui est remplacée par le portrait de Boccace, plusieurs planches sont interposées.

60. — Les Dix Journées. Traduction de Le Maçon. Réimprimée par les soins de D. Jouaust. Avec notice, notes et glossaire, par Paul Lacroix. 11 eaux-fortes, par Flameng *Paris, Jouaust*. 1873; 4 tomes en 10 fascicules, brochés.

L'un des 15 exemplaires tirés sur grand papier de Chine. — Rare.

61. **Bocher** (Emmanuel). Les Gravures françaises du XVIIIe siècle. Catalogue raisonné des Estampes, Vignettes, Eaux-fortes. Pièces en couleur, au bistre et au lavis, de 1700 à 1800. *Paris, Damascène Morgand et Ch. Fatout*, 1875-1882; 6 vol. in-4, pap. vergé, brochés.

62. **Boileau.** Œuvres complètes accompagnées de notes historiques et littéraires et précédées d'une étude sur sa vie et ses ouvrages, par A.-Ch. Gidel. *Paris, Garnier frères*, 1870-1873; 4 vol. gr. in-8 brochés.

L'un des 150 exemplaires tirés sur grand papier de Hollande. N° 7.

63. — Œuvres poétiques, avec des notices par M. Poujoulat. Eaux-fortes par V. Foulquier. *Tours, Alfred Mame et fils*, 1870; in-4, mar. La Vallière, fil., dos orné, dent. int., tr. dor. (*Masson-Debonnelle*).

Exemplaire tiré sur papier vergé. N° 159.

64. **Boisard.** Fables. Nouvelle édition, augmentée, avec figures (par Monnet). *Paris, Pissot*, 1779; 2 vol. gr. in-8, demi-rel. v. fauve, non rog.

Exemplaire tiré sur grand papier de Hollande. — Le frontispice ne s'y trouve pas.

65. **Bouchut** (E.) et Arm. **Després.** Dictionnaire de Médecine et de Thérapeutique médicale et chirurgicale. *Paris, Alcan*, 1889; gr. in-4, demi-rel. mar. ch. rouge, tr. éb.

66. **Bourassé** (J.-J.) La Touraine, histoire et monumens. Illustrations par Karl Girardet et Français. *Tours, Alfred Mame et Cie*, 1856; vol. in-fol. fig. du 1er tirage. mar. rouge, armes de Tours sur les plats, dent. int., tr. dor., peigne.

Magnifique ouvrage.

67. **Bourcard** (Gustave). Les Estampes du XVIIIe siècle, école française. Guide-Manuel de l'amateur, avec une préface de Paul Eudel. *Paris, Dentu*. 1885; gr. in-8, papier vergé à la cuve, broché.

68. — Dessins, gouaches, estampes et tableaux du XVIIIe siècle. *Paris, Damascène Morgand*, 1893: in-4, broché.

L'un des 50 exemplaires tirés sur papier in-4 jésus, réimprimés de format sur Van Gelder Zonen. N° 26.

69. **Boutet** (Henri). Almanach pour les années 1887 à 1895, 1899, 1900, 1901. *Paris, chez tous les libraires*, 12 vol. in-32 cart.

Exemplaires numérotés tirés sur papier du Japon, avec les planches en double état. — Collection rare en bel état.

70. — Almanach pour 1901. Un Siècle de parisiennes. Illustré de 25 pointes sèches, d'après les documents originaux. Texte par H. Devillers. *Paris, Melet*, s. d. (1901); in-18, fig. noires et en couleur, br. (Dans un étui.)

71. **Bouton** (Victor). Nouveau Traité de Blason, ou Science des Armoiries mise à la portée des gens du monde et des artistes. *Paris, Garnier*, 1863; in-12, fig. de blason, broché.

72. **Bouillet.** Dictionnaire universel d'Histoire et de Géographie. *Paris, Hachette*, 1861. — Dictionnaire universel des Sciences, des Lettres et des Arts. *Paris, Hachette*,

1862. — Atlas universel d'Histoire et de Géographie. *Paris, Hachette*. 1865 Ensemble 3 vol., gr. in-8, demi-rel. mar. ch. brun, tr. jasp.

73. **Bossuet.** Les Oraisons funèbres, suivies du Sermon pour la profession de Mme de La Vallière, etc., avec des Notices par M. Poujoulat. Gravures à l'eau-forte par M. Foulquier. *Tours, Alfred Mame et fils*, 1869; in-4, broché.

L'un des 250 exemplaires tirés sur papier vergé. N° 244.

74. **Bossuet.** Discours sur l'Histoire universelle, avec une préface par M. Poujoulat. Gravures à l'eau-forte par M. Foulquier. *Tours, Alfred Mame et fils*, 1870; in-4, broché.

L'un des 270 exemplaires tirés sur papier vergé. N° 173.

75. **Bouilhet** (Louis). Œuvres. *Paris, Lemerre*, 1880; pet. in-12, broché.

L'un des 25 exemplaires tirés sur pap. de Chine. N° 5. — Rare.

76. **Bourgery** (J.-M.). Traité complet de l'Anatomie de l'homme, avec planches lithographiées d'après nature, par N.-H. Jacob. Anatomie descriptive et physiologique. *Paris, Delaunay*, 1830-1855; 8 vol en 6, in-fol. de texte et 8 vol. gr. in-fol de planches, demi-rel ch noir, tr. jasp.

Quelques taches.

77. **Boyer** (Léon). Les Champignons, Comestibles et Vénéneux de la France, par Léon Boyer. *Paris, J.-B. Baillière*. 1891; in-8, avec 50 planches en couleur, par G. Gaulard, cart. perc. non rog.

78. **Brantôme** (sieur de). Les Sept Discours touchant les Dames galantes, publiés sur les manuscrits de la Bibliothèque Nationale, par Henri Bouchot. Dessins d'Edouard de Beaumont, gravés par E. Boilvin. *Paris, Jouaust*, 1882; 3 vol. in-8, brochés.

L'un des 20 exemplaires tirés sur grand pap. de Chine, avec la suite des planches en double état, avant et avec la lettre. N° 15.

79. **Brillat-Savarin.** Physiologie du Goût, avec une préface par Ch. Monselet. Eaux-fortes par Ad. Lalauze. *Paris, Jouaust*, 1879; 2 vol. in-8, brochés.

L'un des 20 exemplaires tirés en grand papier sur Chine, le portrait avant et avec la lettre, et les 51 eaux-fortes de Ad. Lalauze. N° 13. — Rare.

80. **Brivois** (Jules) Guide de l'Amateur, Bibliographie des Ouvrages illustrés du XIXe siècle, principalement des livres à gravures sur bois. *Paris, Rouquette*, 1883; gr. in-8, broché.

81. **Brunet** (Jacques-Charles). Manuel du libraire et de l'amateur de livres. 5e édition ent. refondue et augmentée d'un tiers par l'auteur. *Paris, F. Didot*, 1860-1865; 6 vol. gr. in-8. Supplément par MM. P. Deschamps et G. Brunet. *Paris, F. Didot*, 1878-1880; 2 vol. gr. in-8. Ensemble 8 vol. gr. in-8, demi-rel. mar. ch. rouge, dos et coins, tête dor., non rog.

Très-bel exemplaire.

82. **Buffon**. Chefs d'œuvre littéraires, avec une introduction par M. Flourens. *Paris, Garnier frères*, 1864; 2 vol. gr. in-8, portrait, brochés.

L'un des 150 exemplaires tirés sur grand papier de Hollande. N° 148.

83. **Cabinet des Fées.** Recueil des 120 figures dessinées par Marillier, gravées par Choffard, Delvaux, de Ghendt, de Longueil, etc., en 1 vol. gr. in-8, cart. percal.

Belles épreuves.

84. **Cabinet du Bibliophile.** *Paris, Jouaust*, 1868-1871; 11 vol. in-12, brochés.

L'un des 15 exemplaires tirés sur papier de Chine. N° 24. Contenant: Premier texte de La Bruyère. — Chronique du Gargantua. — Puce de Mme Desroches. — Lettres turques. — Dufresny. Entretiens. — Premier texte de La Rochefoucauld. — Satires de Dulorens. — Tahureau. 2 vol. — Elégies de Jean Doublet. — Maximes de Mme de Sablé, — Rare.

85. **Cabinet satyrique** (Le), ou Recueil parfaict des vers piquans et gaillards de ce temps, tiré des secrets cabinets des sieurs de Sigognes, Regnier. Motin, Maynard et autres des plus signalez poètes du XVIIe siècle. Nouvelle édition avec glossaire, variantes, etc *Gand, Duquesne*, 1859; 2 vol pet. in-8, mar. orange, fil., dos ornés, dent. int., tr. dor. (*David*).

L'un des 7 exemplaires tirés sur pap. de couleur de ce recuei curieux.

86. **Caesaris** (C. Julii). Commentarii. Edidit F. Dubner. *Parisiis*, 1867; 2 vol in-4, mar. La Vallière jans, dent. int., tr. dor.

Imprimé par ordre de l'empereur Napoléon III, à l'imprimerie impériale. Exemplaire tiré sur grand papier vélin. N° 27.

87. **Calendrier parisien**. 1886. Douze sonnets d'Ern. d'Hervilly et treize pointes sèches de H. Boutet. *Paris, Conquet*, 1886; in-32, cart. satiné.

L'un des 50 exemplaires tirés sur papier du Japon, avec double état des planches. N° 29.

88. **Callot** (Jacques). Les Misères et les Malheurs de la Guerre, représentés par Jacques Callot, et mis en lumière par Israël, son amy. *Paris*, 1633; in-fol. obl. de 18 eaux-fortes, demi-rel. mar. La Vallière, dos et coins, tête dor., non rogné.

Tirage moderne.

89. **Caprices de Vénus** (Les). *Paris, Jubert*, 1787; in-64, figures par Dorget, cart. en soie, avec incrustations sur les plats et le dos du vol.

Charmantes épreuves et très-curieuse reliure, dans un étui en mar. rouge, ornements sur les plats et le dos du volume.

90. **Caquets de l'Accouchée** (Les). Publiés par D. Jouaust. Avec une préface de Louis Ulbach. Eaux Fortes par Lalauze. *Paris, Jouaust*, 1888; in-8 broché.

L'un des 15 exemplaires tirés sur grand papier de Chine, avec les figures avant la lettre. N° 9. — Rare.

91. **Carbonnier** (Paulin). Caudebec-en-Caux, 12 eaux-fortes avec texte par M. de Maulde *Paris, veuve Cadart*, 1879; gr. in-fol., dans un carton.

L'un des 120 exemplaires tirés sur papier de Hollande. N° 99.

92. **Casanova** (J.) **de Seingalt.** Mémoires, écrits par lui-même, suivis de Fragments des Mémoires du prince de Ligne. *Paris, Garnier frères*, s. d.; 8 vol. in-8, brochés.

L'un des 100 exemplaires tirés sur papier de Hollande. N° 16.

93. **Catalogue des Livres de Mme du Barry,** avec les prix, à Versailles, 1771. Reproduction du catalogue manuscrit original, avec des notes et une préface par P.-L. Jacob. *Paris, Fontaine*, 1874; pet. in-12. pap. de Hollande, broché.

Tiré à 100 exemplaires. N° 99.

94. **Catalogue de Tableaux** de premier ordre, anciens et modernes, composant la galerie de M. John W. Wilson. *Paris*, 1881; gr. in-4, avec eaux-fortes, broché.

Nombreuses et belles eaux-fortes.

95. **Catalogue et Armorial** des présidents, conseillers, gens du roi et greffiers du Parlement de Rouen, dressés sur les documents authentiques par Steph. de Merval. Ornés de vignettes et de fleurons. *Evreux, imprimerie de Aug. Hérissey*, 1867; gr. in-4, mar. bleu, fil., dos orné, dent. int., tr. dor. (*Masson-Debonnelle.*)

Tiré sur papier vélin à 200 exemplaires. N° 42.

96. **Catalogue de la Bibliothèque Canel,** léguée à la ville de Pont-Audemer. Avant-propos par le conseiller Félix.

Portrait par J. Adeline. *Rouen, imprimerie L. Deshays*, 1883; in-8, pap. vélin, broché.

97. **Caumont** (M. A. de). Abécédaire ou rudiment d'archéologie. Architecture religieuse, 5e édition. *Caen, Le Blanc-Hardel*, 1867; in-8, demi-rel. mar. rouge, dos orné et coins, tête dor., non rogné. (*Capé Masson-Debonnelle.*)

98. **Cazin** (Editions de). 16 vol. in-8, v. marb., tr. dor.

Contenant : Piron, 2 vol — Bertin, 2 vol. — Malherbe, 1 vol. — La Rochefoucauld, 1 vol. — Thomson, Les Saisons, 2 vol. — La Bruyère, 1 vol. — Vernes fils, 1 vol. — Boufflers, 1 vol. — Longus, Amours, 1 vol. — Sapho, 1 vol. — Helvetius, 1 vol. — Georgiques de Delille, 1 vol. — La Fare, 1 vol

99. **Cazotte**. Ollivier, poème. *Paris, Bleuet jeune (de l'imprimerie de Pierre Didot l'aîné)*, an VI. 1798; 2 vol. pet. in-12, figures de Lefèvre, gravées par Godefroy, mar. vert, fil., dos ornés, tr. dor. (*Rel. anc.*)

Bel exemplaire tiré sur papier vélin.

100. **Cazotte** (Jacques). Le Diable amoureux, avec la préface de Gérard de Nerval. 7 eaux-fortes par Ad. Lalauze. *Paris, Jouaust*, 1883; gr. in-8, broché.

L'un des 20 exemplaires tirés sur gr. pap. de Chine, avec les figures en double état, avant et avec la lettre. N° 18.

101. **Cellini** (Benvenuto). La Vie de Benvenuto Cellini, écrite par lui-même. Traduction Léopold Leclanché. Illustrée de 9 eaux-fortes, par F. Laguillermie et de reproductions des œuvres du Maître. *Paris, Quantin*, 1881; gr. in-8, broché.

L'un des 20 exemplaires tirés sur grand pap. du Japon. N° 3.

102. **Cent cinq Rondeaux** d'amour, publiés d'après un manuscrit du XVIe siècle, par Ed. Troos. *Paris, Tross*, 1863; in-12, mar Lav. plats ornés, dent. int., tr. dor. (*Capé*).

Bel exemplaire réglé de la vente Capé. N° 302. L'un des 20 tirés sur papier Watman.

103. **Cent Nouvelles nouvelles.** Les Dix dizaines réimprimées par les soins de D. Jouaust, avec notice, notes et glossaire, par Paul Lacroix. Dessins gravés de Jules Garnier. *Paris, Jouaust*, 1874; 4 tomes en 10 fascicules, brochés.

L'un des 15 exemplaires tirés sur grand pap. de Chine, avec la suite des planches en double état, avant et avec la lettre. N° 10. — On y a ajouté la suite de 10 eaux-fortes de Lalauze, épreuves sur Chine, avant la lettre.

104. **Cervantes.** Histoire de l'admirable Don Quichotte de la Manche. Traduite de l'espagnol. Enrichie des belles figures

dessinées de Coypel et gravées par Folkema et Fokke. *Amsterdam et Leipzig*, *Arkstée et Merkus*, 1768; 6 volumes. — Nouvelles. Enrichies de figures en taille douce. *Amsterdam et Leipzig*, *Arkstée et Merkus*, 1768; 2 vol. — Ensemble 8 vol. in-12, v. marb.

105. **Cervantes-Saavedra.** L'Ingénieux Hidalgo Don Quichotte de la Manche. Traduction de Louis Viardot, avec les dessins de Gustave Doré. *Paris*, *Hachette*, 1863; 2 vol. in-fol., cart. percal., non rog.

106. **Cervantes** (Michel). L'Histoire de Don Quichotte de la Manche. Première traduction française, par C. Oudin et F. de Rosset. Avec une préface, par E. Gebhart. Dessins de J. Worms, gravés à l'eau-forte par de Los Rios. *Paris*, *Jouaust*, 1884; 6 vol. in 8, brochés.

L'un des 20 exemplaires tirés sur grand pap. de Chine, avec la suite des planches en double état, avant et avec la lettre. N° 20.

107. **Cervantes** (de). Rinconète et Cortadillo. Nouvelle. Soixante-sept compositions, par H. Atalaya. *Paris*, *Launette*, 1891; in-4, broché.

L'un des 30 exemplaires tirés sur pap. de Chine, contenant une suite de tous les bois tirés à part. N° 62.

108. **Champfleury.** Henry Monnier. Sa Vie, son Œuvre, avec un catalogue complet de l'œuvre et cent gravures *fac-simile*. *Paris*, *Dentu*, 1879; in-8, broché.

109. — Les Vignettes romantiques. Histoire de la littérature et de l'art (1825-1840). 150 vignettes, par C. Nanteuil, Tony Johannot, Devéria, Jean Gigoux, Camille Rozier, etc. *Paris*. *Dentu*, 1883; gr. in-4, broché.

110. **Chansonnier historique du XVIIIe siècle.** (Recueil Clairambault-Maurepas). Publié avec introduction, commentaire, notes et index, par Emile Raunié. Orné de portraits à l'eau forte, par Rousselle. *Paris*, *Quantin*, 1879-1884; 10 vol. pet. in-8, brochés.

Exemplaire sur papier de Hollande.

111. **Chanson de Roland** (La). Texte critique, accompagné d'une traduction nouvelle et précédé d'une introduction historique par Léon Gautier. Avec eaux-fortes par Chifflart et V. Foulquier. *Tours*, *Alfred Mame et fils*, 1872; 2 vol. in-4. mar. La Vallière, fil., dos ornés, dent. int., tr. dor. (*Masson-Debonnelle*).

Exemplaire tiré sur pap. vergé. N° 193.

112. **CHANTS** et **CHANSONS POPULAIRES DE LA FRANCE,** avec des notices par MM. Paul Lacroix, Leroux de Liney et Dumersan. *Paris, H.-L. Delloye*, 1843 ; 3 vol. gr. in-8, fig. mar. br. janséniste, tr. dor. (*Chambolle-Duru*).

Superbe exemplaire de la première édition. — Illustrations par MM. E. de Beaumont, Bailly, Daubigny, Dubouloz, E. Giraud, Meissonier, Pascal, Staal, Steinheil, Trimolet, qui ont gravé même le texte.

113. **Chansons populaires de France** Notices par Champfleury. Illustrations par MM. Bida, Bracquemond, Courbet, Flameng, Ch. Jacque, etc. *Paris, Lécrivain et Toubon*, 1860 ; in-4 broché.

114. **Charcot, Bouchard, Brissaud.** Traité de médecine. *Paris, G. Masson*, 1891-1894 ; 6 vol. gr. in 8, figures dans le texte, brochés.

115. **Charron** (Pierre). De la Sagesse. Trois livres. *Dijon, de l'Imprimerie de L.-N. Frantin (Paris, Renouard)*, 1801 ; 4 vol. in-12, pap. vélin, mar. La Vallière, jans., dent. int., tr. dor. (*Petit*).

Très-bel exemplaire.

116. **Claude** Mémoires du chef de la Sûreté sous le second Empire. *Paris, Jules Rouff*, 1883 ; 10 vol. in-12 brochés.

117. **Chateaubriant** (le vicomte de). Atala. Avec les dessins de Gustave Doré *Paris, Hachette*, 1863 ; vol. in-folio cartonné rouge.

118. **Chaumeton, Poiret, Chamberet.** Flore médicale, peinte par Mme E. Panckoucke et par M. J. Turpin. *Paris, Panckoucke*, 1842 ; 6 vol. gr. in-8, figures coloriées. — Richard. Iconographie végétale. *Paris, Panckoucke*, 1841 ; gr. in-8, figures coloriées. — Ensemble 7 vol., demi-rel. v. fauve, tr. jasp.

119. **Chênedollé** (de). Etudes poétiques. *Paris, H. Nicole*, 1820 ; in-8, mar. violet, plats ornés, compart. de fil., doublé de moire, tr. dor.

On a ajouté à l'exemplaire une lettre autographe signée du poète.

120. **Chénier** (André). Poésies. Edition critique. Etude sur la vie et les œuvres d'André Chénier, variantes, lexique, etc., par Becq de Fouquières, ornée d'un portrait d'André Chénier. *Paris, Charpentier*, 1862 ; 2 vol. gr. in-8, mar. vert, dos et plats ornés fil. et fleurons, tr. dor.

L'un des 200 exemplaires tirés sur papier de Hollande. N° 111.

121. **Chénier** (André de). Œuvres poétiques, avec une Notice et des Notes par M. Gabriel de Chénier. *Paris*, *Alphonse Lemerre*, 1874; 3 vol. petit in-12, brochés.

L'un des 36 exemplaires tirés sur papier de Chine. N° 12.

122. **Chevigné** (Comte de). Contes rémois, illustrés par M. Perlet. *Paris*, *Hetzel*, 1843; gr. in-8, demi-rel. mar. vert, dos orné et coins, tête dor., non rog.

Bel exemplaire de la première édition illustrée; elle contient le conte du *Colin-Maillard assis*, qui n'a été illustré que dans ce tirage. Portrait de l'auteur sur le titre, gravé sur bois par Brugnot, et 30 eaux-fortes, une pour chaque conte.

123. — Les Contes rémois. 3e édition. *Paris*, *Michel Lévy*, 1858; in-8, portrait et fig. de Messonnier, mar. rouge jans., dent. int., tr. dor.

Exemplaire tiré sur papier vélin, auquel on a ajouté une lettre autographe de l'auteur contenant un conte inédit « *Naïveté d'un curé de Bretagne* », et le portrait de l'auteur offrant ses contes à un ecclésiastique, tiré de l'édition de 1861.

1re édition avec les dessins de Messonnier de cet ouvrage très-recherché dans ce format.

124. — Les Contes rémois, 12e édition, précédée de la Muse champenoise, par Louis Lacour. Dessins de Jules Worms, gravés à l'eau-forte par Paul Rajon. *Paris*, *Jouaust*, 1877; in-8, broché.

L'un des 20 exemplaires tirés sur grand papier de Chine, avec la suite des planches en double état, avant et avec la lettre N° 20.

125. **Chez Victor Hugo**, par un Passant (A. Lecanu), avec 12 eaux-fortes, par Maxime Lalanne. *Paris*, *Cadart et Luquet*, 1864; grand in-8, demi-rel. v. rose, dos orné et coins, tête dor., non rog.

Belles épreuves.

126. **Cholières** (Seigneur de). Œuvres. Edition préparée par Ed. Tricotel. Notes, Index et Glossaire, par D. Jouaust. Préface par Paul Lacroix : Les Matinées. — Les Après-Dinées. *Paris*, *Jouaust*, 1879; 2 vol. gr. in-8, brochés.

L'un des 30 exemplaires tirés sur grand papier de Chine. N° 2.

127. **Chronique** (La) **scandaleuse**. Documents sur les mœurs du XVIIIe siècle. — Anecdotes sur la comtesse Du Barry. La Gazette de Cythère. — Les Mœurs secrètes du XVIIIe siècle, 4 vol. publiés par Octave Uzanne. *Paris*, *Quantin*, 1879-1883; gr. in-8, fig. de Lalauze et Mengin, Avril, etc., brochés.

Ouvrages tirés à petit nombre.

128. **Claretie** (Jules). Monsieur le Ministre. 10 compositions par Adrien Marie, gravées à l'eau-forte par Wallet. *Paris, Quantin*, s. d.; gr. in-8, pap. vélin, broché.

129. **Clément** (Félix). Les Musiciens célèbres depuis le XVIe siècle jusqu'à nos jours. Ouvrage illustré de 44 portraits gravés à l'eau-forte. *Paris, Hachette*, 1868; gr. in-8, demi-rel. mar. orange, dos et coins, tête dor., non rog.

130. **Cohen** (Jules). Guide de l'amateur de livres à vignettes du XVIIIe siècle. *Paris, Rouquette*, 1870; in-8, broché.

L'un des 15 exemplaires tirés sur papier Whatman.

131. **Cohen** (Henri). Guide de l'amateur de livres à figures et à vignettes du XVIIIe siècle. 3e édition considérablement augmentée, par Ch. Mehl. *Paris, Rouquette*, 1876; gr. in-8 broché.

132. **Cohen** (Henry). Guide de l'amateur de livres à vignettes (et à figures). *Paris, Rouquette*, 1880; gr. in-8, demi-rel. mar. violet, dos et coins. tête dor., non rog.

133. — Guide de l'amateur de livres à gravures du XVIIIe siècle. 5e édition, revue, corrigée et considérablement augmentée, par le baron Roger Portalis. *Paris, Rouquette*, 1886; gr. in-8, demi-rel. mar. bleu, dos et coins, tête dor., non rog. *(Raparlier)*

134. **Collection de Poésies,** Romans. Chroniques, etc., publiée d'après d'anciens manuscrits et d'après des éditions des XVe et XVIe siècles *Paris, Silvestre (de l'Imprimerie de Crapelet)*, 1838-1858; 24 vol. in-16, caract. goth., vignettes sur bois, demi-rel. mar. brun, dos et coins, tête dor., non rognés *(Capé)*.

Bel exemplaire provenant de la vente Capé (n° 674), et contenant : Les sept Marchans de Naples. — Maistre Aliborum qui de tout se mesle. — S'ensuyvent plusieurs belles chansons composées nouvellement. — S'ensuyt le Romant de Richart, fils de Robert le diable. — Moralité à l'honneur de la glorieuse Assomption Nostre Dame. — Les Proverbes communs. — Miracle de Nostre Dame de Berthe. — Bigorne qui mange tous les hommes. — Mirouer des femmes vertueuses. — Miracle de Nostre Dame de la Marq. de la Gaudine. — Le Mystère de la vie et hystoire de Mgr sainct Martin. — Le Songe de la thoison d'or. — L'Hystoire du noble Syperis de Vinevaulx. — La Guerre et le Débat entre la langue, les membres et le ventre. — Le Chevalier délibéré. — Les grands regrets et complainte de Mlle du pallais. — L'Hystoire de Pierre de Provence et de la belle Maguelonne. — Le Temple d'honneur. — Les Cronicques de Gargantua. — Le Testament de Lucifer. — Roman d'Edipus. — Maistre Hambrelin. — La Grant danse macabre des hommes et des femmes.

135. **Collection des meilleurs Romans françois,** dédiée aux Dames. *Paris, Verdet et Lequien*, 1825-1830; 27 vol. in-32, fig. de Desenne, épreuves avant la lettre sur pap. de Chine, mar. rouge jans., dent. int., tr. dor. *(Capé).*

Contenant : Le Sage, Diable boîteux, 2 vol. — Gil Blas, 4 vol. — Prévost, Manon Lescaut, 2 vol. — Hamilton, Mémoires de Grammont, 2 vol. — Mme de La Fayette, Princesse de Clèves, 2 vol. — Zaïde, 2 vol. — Mme de Souza, Adèle de Sémange, 2 vol. — Mme de Tency, le Siége de Calais. — Mme Riccoboni, Lettres de Mistriss Fanny Butlerd, Lettres de Milady Castelby. — B. de S. Pierre, Paul et Virginie, la Chaumière indienne. — Fiévée, la Dot de Suzette. — Mme Cottin, Elisabeth. — Mme de Grafigny, Lettres d'une Péruvienne. — Comte de Tressan, Histoire du petit Jehan de Saintré. — Sauvigny, les Amours de Pierre-le-Long. — Mme de Genlis, Mademoiselle de Clermont.

Très-bel exemplaire provenant de la vente Capé. N° 545.

136. **Collin de Plancy**. Dictionnaire infernal. *Paris, Mongie*, 1825-1826; 4 vol. in-8 brochés.

Incomplet des gravures.

137. **Connaissance du Cheval** (La). Etudes de zootechnie pratique, par les auteurs de l'Encyclopédie pratique de l'Agriculteur, sous la direction de MM. Moll et Gayot. *Paris, Firmin Didot*, 1861; 1 vol. in-8 et atlas, demi-rel. mar. vert, dos et coins, tr. dor.

138. **Coppée** (François). Poésies, 1864-1869: Le Reliquaire. — Intimités. — Poëmes modernes. — La Grève des Forgerons. *Paris, Lemerre*, 1870; pet. in-12, portrait, v. rose, dent. int., tr. dor. *(Masson-Debonnelle).*

L'un des 50 exemplaires tirés sur pap. Whatman. N° 41.

139. **Corneille** (Pierre). Œuvres. Nouvelle édition revue sur les plus anciennes impressions et les autographes, et augmentée par Ch. Marty-Laveaux. *Paris, Hachette*, 1862; 12 vol. gr. in-8, avec appendice et album, brochés.

De la Collection des Grands Ecrivains de la France. — L'un des 150 exemplaires tirés sur grand papier vélin. N° 86.

140. — Théâtre choisi. Avec une Notice par M. Poujoulat. 25 sujets et un portrait gravés à l'eau-forte par V. Foulquier. *Tours, Alfred Mame et fils*, 1880; in-4 broché.

L'un des 200 exemplaires tirés sur pap. vergé. N° 97.

141. — Suite de 1 frontispice et 34 gravures in-4 de H. Gravelot.

Très-belles épreuves, toutes marges.

142. — Suite de 2 portraits et 24 figures in 8, d'après Moreau.

Belles épreuves anciennes, y compris celle de Prudhon qui manque souvent, toutes marges.

143. — Suite de 26 eaux-fortes de Foulquier, pour l'édition de A. Mame, en 1 volume.

Tirage à part sur papier de Chine, in-4.

144. — Suite de 1 portrait et 11 figures de Bayados, gravées par Blanchard, Boilly, etc.

Belles épreuves, tirage in-4.

145. — Deux suites complètes de 20 portraits de Geffroy, gravés par L. Wolf pour l'édition Laplace.

Tirage à part en noir et en couleur.

146. **Costumes des Femmes** du Pays de Caux et de plusieurs autres parties de l'ancienne province de Normandie, dessinés la plupart par M. Lanté, gravés par M. Gatine et coloriés avec une explication pour chaque planche. *Paris, Eudes*, s d., in-fol., broché.

147. **Courier** (P.-L). Œuvres complètes. Précédées d'un essai sur la vie et les écrits de l'auteur, par Armand Carrel. *Paris, Paulin et Perrotin*, 1834; 4 vol. in-8, portrait, mar. ch. violet, tr. jasp.

148. **Crébillon** (de) fils. Collection complète des Œuvres. *A Londres*, 1777; 14 vol pet. in-12, v. fauve, fil., dos ornés, tr. rouge.

Bel exemplaire.

149. **Cuvier** (Georges). Le Règne animal distribué d'après son organisation pour servir de base à l'histoire naturelle des animaux et d'introduction à l'Anatomie comparée. — Edition accompagnée de planches gravées et coloriées représentant les types de tous les genres, les caractères distinctifs des divers groupes et les modifications de structure sur lesquelles repose cette classification; par une réunion de disciples de Cuvier : MM. Audouin, Blanchard, Deshayes, d'Orbigny, Doyère, Dugès, Duvernoy, Laurillard, Milne-Edwards, Roulin et Valenciennes. *Paris, Fortin, Masson et Ce*, 1836-1849; 11 tomes gr. in 8 avec atlas, contenant 993 planches. — Ensemble 20 vol demi-rel. mar. rouge, dos et coins, tête dor., non rog. *(Weill)*.

Magnifique exemplaire avec les planches coloriées. — Quelques taches de rousseur.

150. **Dalloz** (D.). Jurisprudence générale.— Répertoire méthodique et alphabétique de doctrine et de jurisprudence. *Paris, au Bureau de la Jurisprudence générale*, 1846-1870; 44 tomes en 47 vol. in-4. — Jurisprudence générale du Royaume. Recueil périodique et critique de jurisprudence, de législation et de critique. Années 1845 à 1871. 27 vol.

in-4 et tables, 3 vol. — Ensemble 77 vol. in-4, demi-rel. ch. violet, tr. jasp. Les 6 premiers volumes sont en demi-veau, tr. jasp.

151. **Dante Alighieri.** L'Enfer. — Le Purgatoire. — Le Paradis. Traduction française de Pier-Angelo Fiorentino, accompagnée du texte italien, avec les dessins de Gustave Doré. *Paris, L. Hachette*, 1865-1868; 3 vol. in-fol., cart. percal., non rog.

152. **Daudet** (Alphonse). Sapho, mœurs parisiennes. 10 illustrations de Rejchan, gravées à l'eau-forte par E. Abot et A. Duvivier. Vignettes dans le texte par G. Montaigut. *Paris, Quantin*, 1888 ; gr. in-8, pap. vélin, broché.

153. **Débat** (Le) **de l'hiver et de l'été**, avec l'état présent de l'homme et plusieurs autres joyeusetés. *Paris, Crapelet*, 1830; vol. in-8, gr. pap. de Hollande, demi-rel., non rogné.

Réimpression tirée à 100 exemplaires. — Provenant de la vente Capé. N° 304.

154. **Decharme** (P.). Mythologie de la Grèce antique. Ouvrage orné de 4 chromo-lithographies et de 178 figures d'après l'antique. *Paris, Garnier frères*, 1879; gr. in-8, broché.

155. **De Foë** (Daniel de). Vie et Aventures de Robinson Crusoé. Traduction de Petrus Borel, avec 8 eaux fortes par Mouilleron; portrait gr. par Flameng. *Paris, Jouaust*, 1878; 4 vol. in-8, brochés.

L'un des 20 exemplaires tirés sur grand papier de Chine, avec la suite des planches en double état, avant et avec la lettre. N° 7.

156. **Denis** (Ferdinand). Histoire de l'Ornementation des Manuscrits. *Paris, Curmer*, 1857; in-4, fig., mar. La Vallière, dent. int., tr. dor. *(Masson-Debonnelle.)*

Bel exemplaire de cet intéressant ouvrage.

157. **Description abrégée des quinze estampes** sur les principales journées de la Révolution, gravées par Helman, d'après les dessins de Monnet. *A Paris, chez Helman*, s. d.; titres et 15 pl. in-fol. en larg., demi-rel. mar. ch. violet, non rog.

Belles épreuves.

158. **Deshayes** (C.-A.). Histoire de l'Abbaye royale de Jumiéges. *Rouen, F. Baudry*, 1829; in-8, pap. vélin, fig., demi-rel. mar. rouge, dos orné et coins, tr. dor. *(Masson-Debonnelle.)*

159. **Desmarets** (Le R. P.). Histoire de Madeleine Bavent, religieuse du monastère de Saint-Louis de Louviers. Réimpression textuelle sur l'édition rarissime de 1652, précédée d'une notice bio-bibliographique et suivie de plusieurs pièces supplémentaires. *Rouen, Lemonnier*, 1878; in-4, broché.

Tirage sur papier de Hollande de ce curieux ouvrage.

160. — Le même ouvrage. *Rouen, Ch. Mélérie*, 1879; 2 parties in-4, papier vergé de Hollande, broché.

Bel exemplaire.

161. **Des Périers** (B.). Nouvelles Récréations et Joyeux Devis; suivis du Cymbalum Mundi. réimprimés par les soins de D. Jouaust. Avec une notice, des notes et un glossaire, par Louis Lacour. *Paris, Jouaust*, 1874; 2 vol. gr. in-8, brochés.

L'un des 30 exemplaires tirés sur grand papier de Chine. N° 14.

162. **Dianne de Poytiers.** Lettres inédites, publiées d'après les manuscrits de la Bibliothèque impériale, avec une introduction et des notes, par Georges Guiffrey. *Paris, veuve Renouard*, 1866; in-8, pap. vergé teinté, portrait et facsimilé, mar. bleu, fil., dos fleurdelisé, dent. int., tr. dor. *(Masson-Debonnelle)*.

De l'Imprimerie de L. Perrin.

163. **Dictionnaire des dates,** des faits, des lieux et des hommes historiques ou les Tables de l'Histoire, publié par d'Harmonville. *Paris, Levavasseur*, 1842; 2 vol. et atlas in-4, demi-rel., v. fauve, tr. jasp.

164. **DORAT**. Les **BAISERS,** précédés du Mois de Mai, poème. *A La Haye et se trouve à Paris, chez Lambert et Delalain*, 1770; in-8, front. et figures d'Eisen. — Lettres d'une Chanoinesse de Lisbonne, à Melcour, officier françois; précédées de quelques réflexions. *A La Haye et se trouve à Paris, chez Lambert, Jorry et Delalain*, 1770; in-8, front. et figures d'Eisen. — Ensemble 2 tomes en 1 vol. in-8, v. marb., dent. dos orné. *(Rel. anc.)*.

Exemplaires tirés sur grand papier de Hollande, avec les titres en rouge. —Très-belles épreuves.

165. **Dorat.** Les Baisers, précédés du Mois de Mai. Réimpression textuelle sur l'édition originale de 1770, avec les gravures d'Eisen. *Rouen, J. Lemonnyer*, 1880; gr. in-8, broché.

L'un des 100 exemplaires tirés sur papier Whatman. N° 11.

166. — **FABLES NOUVELLES.** *A La Haye et se trouve à à Paris, chez Delalain*, 1773; 2 tomes en 1 vol. in-8, figures de Marillier, mar. vert, compart. de fil., dos orné, dent. int., tr. dor. *(Lortic).*

Très-bel exemplaire tiré sur grand papier de Hollande, auquel on a ajouté un portrait de Dorat.

167. — Lettres en vers : Lettre de Barnevelt dans sa prison, à Truman, son ami, précédée d'une lettre de l'auteur. *Paris, Jorry*, 1764; in-8, front. et fig. d'Eisen, mar. bleu, fil., dos orné, dent. int., tr. dor. *(Masson-Debonnelle).*

Exemplaire tiré sur papier de Hollande, auquel on a ajouté le tirage à part d'une figure de Longueil.

168. — Irza et Marsis ou l'Isle merveilleuse, poème en deux chants. *A La Haye et Paris*, 1769; vol. in-8, dérelié.

Grand papier avec les 7 vignettes et culs-de-lampe, page 31 déchirée.

169. **Droz** (Gustave). Monsieur, Madame et Bébé. Illustrations par Edmond Morin. *Paris, V. Havard*, 1878; in 4, broché.

170. **Du Camp** (Maxime). Une Histoire d'Amour. Portrait et 8 compositions de P. Blanchard, gr. par Buland. *Paris, Conquet*, 1888; pet. in-12, pap. vergé, broché.

Charmant volume.

171. **Duchesne aîné**. Musée de peinture et de sculpture, ou Recueil des principaux tableaux, statues et bas-reliefs des collections publiques et particulières d'Europe, dessiné et gravé à l'eau-forte par Réveil. *Paris, Audot*, 1828-1834; 16 vol. pap. de Hollande. — Les Loges du Vatican. Sujets peints à fresque, par Raphaël, et gravés à l'eau-forte par Réveil. *Paris, Audot*, 1833; pet. in-8, pap. de Hollande. — Ensemble 16 vol. pet. in-8, demi-rel. mar. vert, dos ornés et coins, tête dor., non rog. *(Masson-Debonnelle).*

Très-bel exemplaire.

172. **Du Fail** (Noel). Contes et discours d'Entrapel, réimprimés par les soins de Jouaust. Avec une notice, des notes et un glossaire par C. Hippeau. *Paris, Jouaust*, 1875; 2 vol. gr. in-8 brochés.

L'un des 30 exemplaires tirés sur grand pap. de Chine. N° 9.

173. **Dujardin-Beaumetz.** Dictionnaire de thérapeutique, de matière médicale, de pharmacologie, de toxicologie et des eaux minérales. *Paris, Doin*, 1883-1889; 4 vol. in-4, demi-rel. mar. rouge, dos et coins, tête dor., non rog. *(Champs.)*

Belle reliure.

174. **Dumas fils** (Alexandre). Ilka. — Pile ou face. — Souvenirs de jeunesse. — Le Songe d'une nuit d'été. Illustrations de Marold. *Paris, Calmann-Lévy*, 1896 ; in-8 pap vélin, brochés.

175. **Dumesnil** (Robert). Le Peintre-Graveur français, ou catalogue raisonné des estampes gravées par les peintres et les dessinateurs de l'école française. *Paris, G. Varée et Mme Huzard*, 1835-1871 ; 11 tomes en 6 vol. — *Baudicourt* (Prosper de). Le Peintre-Graveur français continué. Catalogue raisonné des estampes gravées par les peintres et les dessinateurs de l'école française, nés dans le XVIIIe siécle. *Paris, Mme Bouchard-Huzard*, 1859-1861 ; 2 tomes en 1 vol. in 8. — Ensemble 13 tomes en 7 vol. in-8, avec monogrammes, demi-rel. mar. rouge, dos et coins, tête dor., non rog. (*Raparlier.)*

Ouvrage précieux, à cause des documents qu'il contient.

176. **Dupiney de Vorepierre** (B.). Dictionnaire français illustré, et encyclopédie universelle. Ouvrage orné d'environ 20,000 figures. *Paris, Bureau de la Publication*, 1864 ; 2 tomes en 3 vol in-4, demi-rel. mar. ch. violet, tr. jasp.

177. **Duplessis** (Georges). Histoire de la Gravure en Italie, en Espagne, en Allemagne, dans les Pays-Bas, en Angleterre et en France. Avec 73 reproductions de gravures anciennes. *Paris, Hachette*, 1880 ; in-4 broché.

178. **Entrée de Louis de Brézé,** grand sénéchal de Normandie, cortége du 12 juin 1892. Dessins de Emile Deshays, nombreuses planches color.. grand in-folio en feuilles. *Rouen, E. Deshays*, 1892

Exemplaire n° 20.

179. **Erasme.** Eloge de la Folie. Traduit par Victor Develay, et accompagné des dessins de Hans Holbein. *Paris, Jouaust*, 1872 ; gr. in-8, mar. vert, compart. de fil., dos orné, dent. int., tr. dor. *(Masson-Debonnelle.)*

L'un des 15 exemplaires tirés sur papier Whatman. N° 9.

180. — Les Colloques. Nouvellement traduits par Victor Develay et ornés de vignettes gravées à l'eau-forte par J. Chauvet. *Paris, Jouaust*, 1875-1876 ; 3 vol. gr. in-8 brochés.

L'un des 20 exemplaires tirés sur grand papier de Chine, figures avant la lettre.

181. **Esope.** Trois cent soixante et six Apologues d'Esope, traduits en rithme françoise par Maistre Guillaume Haudent. Reproduits fidèlement, texte et figures d'après l'édition de

1547; avec introduction. Table et glossaire par Ch. Lormier. *Rouen, Augé*, 1877; in-8, figures sur bois, broché.

L'un des 40 exemplaires tirés sur pap. de Hollande. N° 17.

182. **Etat présent de la noblesse** française. Contenant le Dictionnaire de la noblesse contemporaine, avec les armoiries décrites, etc. *Paris, Bachelin-Deflorenne*, 1868; gr. in-8, cart. percal., non rog.

183. **Eudel** (Paul). L'Hôtel Drouot en 1881. *Paris, Charpentier*, 1882. — Truquage Les contrefaçons dévoilées. *Paris, Dentu*, 1884. — Ensemble 2 vol. in-12 brochés.

184. **Explication de l'énigme** du roman (de Montjoie) intitulé Histoire de la Conjuration de Louis-Philippe-Joseph d'Orléans. *A Veredishtad, chez les marchands de nouveautés*, s. d., 3 parties en 4 vol. in-8, mar. rouge, jans., dent. int., tr. dor. (*Capé*).

Exemplaire provenant de la bibliothèque Capé. N° 781 du catalogue.

185. **Exposition des beaux-arts.** Le Livre d'Or du salon de peinture et de sculpture, rédigé par G. Lafenestre. Années I à XI. *Paris, Jouaust*, 1879-1889; 11 vol. in-4, avec eaux-fortes, brochés.

L'un des 25 exemplaires tirés sur papier Whatman, avec double épreuve des planches.

186. **Famin** (Le Colonel). Musée royal de Naples. Peintures, bronzes et statues érotiques du cabinet secret. Avec leur explication, contenant 60 gravures au trait. *Paris, chez l'éditeur*, 1857; gr. in-4, pap. vélin, br. (Couvert. conserv.)

187. **Farin** (L'Abbé). Histoire de la ville de Rouen, divisée en trois parties. *A Rouen, chez Jacques Hérault*, 1668; 3 vol. pet. in-12, vél.

Edition originale. — Rare.

188. **Femmes blondes** (Les), selon les peintres de l'école de Venise, par deux Vénitiens (Armand Baschet et Feuillet de Conches). *Paris, Aubry*, 1865; in-8, mar. La Vallière jans., doublé de mar. vert, compart. et arabesques, tr. dor. (*Petit*).

L'un des 50 exemplaires tirés sur pap. vergé, splendidement relié.

189. **FÉNÉLON.** Les Aventures de Télémaque, fils d'Ulysse, gravées d'après les dessins de Charles Monnet, peintre du roy, par Jean-Baptiste Tilliard. *Paris, chez l'auteur*, 1773; in-4, mar. rouge, fil., dos orné, tr. dor. (*Rel. anc.*) 72 fig. et 24 planches avec le texte des sommaires des chants.

Suite complète en très-belles épreuves.

190. — Les Aventures de Télémaque, fils d'Ulysse, imprimé par ordre du roi, pour l'éducation du Dauphin. *Paris, de l'imprimerie de Didot l'aîné*, 1783; 4 vol. in-18, pap. vélin, mar. rouge, compart. de fil., dos ornés, doublés de tabis, dent. int., tr. dor. (*Bozérian.*)

Avec le chiffre couronné sur les plats. — Bel exemplaire.

191. **Fénelon**. Aventures de Télémaque, suivies des Aventures d'Aristonoüs. Deux Notices par M. Poujoulat. Quatorze gravures à l'eau-forte par V. Foulquier. *Tours, Alfred Mame et fils*, 1873 ; in-4 broché.

L'un des 300 exemplaires tirés sur pap. vergé. N° 240.

192. **Ferry-Julyot**. Les Elégies de la belle fille lamentant sa virginité perdue. Réimpression complète publiée d'après l'édition originale de 1557. *Paris, L. Willem*, 1873; in 8, mar. rouge, fil., milieux dorés à petits fers, dos orné, dent. int., tr. dor. (*Allô*).

L'un des 25 exemplaires tirés sur pap. de Chine. N° 17.

193. **Feuillet** (Octave). Monsieur de Camors. Onze compositions par S. Rejchan, gravées à l'eau-forte par Mme Louveau-Rouveyre, MM. Daumont et Duvivier. *Paris, Quantin*, 1885 ; gr. in-8, pap. vélin, broché.

194. — Le Roman d'un jeune homme pauvre. Dessins de Mouchot, gravés par Méaulle. *Paris, Quantin*, 1887; in-4 broché.

195. **Flaubert** (Gustave). Madame Bovary. Mœurs de province. Douze compositions par Albert Fourié, gravées à l'eau-forte par E. Abot et D. Mordant. *Paris, Quantin*, 1885; gr. in-8, pap. vélin, broché.

196. **Flaubert** (Gustave). Œuvres. Salammbo. *Paris, Lemerre*, 1879; 2 vol. pet. in-12 brochés.

L'un des 25 exemplaires tirés sur pap. de Chine. N° 20.

197. — Salammbô. 10 compositions par A. Poirson, gravées à l'eau-forte par Mme Louveau-Rouveyre, MM. L. Muller et G. Mercier. *Paris, Quantin*, s. d., gr. in-8, pap. vélin, broché.

198. — Un Cœur simple. Illustré de 23 compositions par Emile Adam, gravées à l'eau-forte par Champollion, *Paris, Ferroud*, 1894 ; gr. in-8 broché, avec couverture illustrée.

L'un des 100 exemplaires tirés sur pap. vél. d'Arches, avec les planches en double état, avant et avec la lettre. — Epuisé et rare.

199. — La Légende de saint Julien l'Hospitalier, illustrée de 26 compositions par Luc-Olivier Merson, gravées à l'eau-forte par Géry-Richard. Préface par Marcel Schwob. *Paris, Ferroud*, 1895 ; gr. in-8 broché.

L'un des 50 exemplaires tirés sur grand papier vélin d'Arches. N° 164. — Epuisé et rare.

200. **Florian** (J.-P. Claris de). Fables. Avec une Préface par Honoré Bonhomme. Dessins d'Emile Adam, gravés à l'eau-forte par Le Rat. *Paris, Jouaust*, 1886 ; in-8 broché.

L'un des 20 exemplaires tirés sur grand pap. de Chine, avec la suite des planches en double état, avant et avec la lettre. N° 17.

201. **Fougères** (Les) Choix des espèces les plus remarquables pour la décoration des serres, parcs, jardins et salons, précédé de leur histoire botanique et horticole par Aug. Rivière, E. André, Roze. Ouvrage orné de 75 pl. en chromo-lithographie et de 112 gravures sur bois. *Paris, Rothschild*, 1867 ; 2 vol. gr. in-8, demi-rel. mar. ch. rouge, tr. dor.

202. **Franceschi.** Les Fabuleuses bêtes du Bonhomme. *Paris, Jouaust*, 1869 ; in-8, mar. rouge, fil., dos orné, dent. int., tr. dor. (*Masson-Debonnelle.*)

L'un des exemplaires tirés sur papier Whatman. N° 23.

203. **Galland.** Les Mille et une Nuits. Contes arabes, réimprimés sur l'édition originale, avec une préface de Jules Janin. 21 eaux-fortes par Ad. Lalauze. *Paris, Jouaust*, 1881 ; 10 vol. in-8, brochés.

L'un des 20 exemplaires tirés sur grand papier de Chine, avec la suite des planches en double état, avant et avec la lettre. N° 26.

204. **Galeries historiques de Versailles,** publiées par ordre du roi, sous la direction de MM. Gavard, Calamatta et Mercuri pour les gravures. *Paris, Gavard*, 1837 et années suivantes, 19 vol. gr. in-fol., demi-rel. mar. rouge, dos et coins, tête dor., non rog.

Très-bel exemplaire sur grand papier vélin, avec les planches tirées sur papier de Chine et d'une reliure très-fraîche et bien exécutée. — Quelques taches de rousseur.

205. **Gaudrioles** (Les) **du XIXe siècle.** Chansons joyeuses. *Bâle, imprimerie de Bertal*, 1866 ; 2 vol. in-16, papier de Hollande, brochés.

Tiré à 125 exemplaires. N° 94.

206. **Gérard de Nerval.** Sylvie. Souvenirs du Valois. Préface par Ludovic Halévy. 42 compositions dessinées et

gravées à l'eau-forte par Ed. **Rudaux**. *Paris, Conquet*. 1886; pet. in-8, broché.

L'un des 150 exemplaires tirés sur grand papier du Japon impérial. N° 130.

207. **GESSNER** (Salomon). Œuvres. (Traduction en français par Huber, Meister et Brutti de Loirelle). *A Paris, chez l'auteur des estampes, veuve Hérissant, Barrois l'aîné*, s. d. (1786-1793); 3 vol. in-4, frontispices, 72 figures, 4 vignettes et 67 culs-de-lampe dess. par Le Barbier, grav. par Baquoy, Dambrun, Delignon, Halbou, de Longueil, etc., maroq. vert, dent., dos ornés, dent. int., tr. dor. *(Rel. anc.)*

Très-bel exemplaire provenant de la vente de J.-J. de Bure l'aîné, avec une note de sa main.

208. **Goethe.** Œuvres. Traduction nouvelle par Jacques Porchat. *Paris, Hachette*, 1861-1863; 10 tomes en 11 vol. gr. in-8, portrait, mar. vert, compart. de fil., dos ornés, dent. int., tr. dor.

L'un des 100 exemplaires tirés sur grand papier vélin. N° 64.

209. — Les Femmes de Goethe. Dessins de W. de Kaulbach, avec un texte par Paul de Saint-Victor. *Paris, L. Hachette*, 1870; gr. in-fol., cart. percal. rouge, plats ornés, tête dor., non rog.

210. — Faust. 1re partie. Préface et traduction de H. Blaze de Bury. 11 eaux-fortes de Lalauze. Gravures de Méaulle, d'après Wogel et Scott. *Paris, Quantin*, 1880; gr. in-4, papier vélin fort, broché.

211. **Goethe.** Les Souffrances du jeune Werther. Traduction nouvelle par Mme Bachellery, avec une préface, par Paul Stapfer. Eaux-fortes de Lalauze. *Paris, Jouaust*, 1886; in-8, broché.

L'un des 20 exemplaires tirés sur grand papier de Chine, avec la suite des planches en double état. N° 30.

212. **Goldsmith.** Le Vicaire de Wakefield. Traduction, Préface et Notes, par Charles Nodier. Nouvelle édition. Eaux-fortes par Ad. Lalauze. *Paris, Jouaust*, 1888; 2 vol. in-8, brochés.

L'un des 20 exemplaires tirés sur grand papier de Chine, avec la suite des planches en double état, avant et avec la lettre. N° 20.

213. **Guérin.** Dictionnaire pittoresque d'histoire naturelle et des Phénomènes de la nature. *Paris, au Bureau de la souscription*, 1834-1839; 9 vol. in-4, demi-rel. bas. corinthe, tr. j.

Nombreuses planches coloriées.

214. **Goncourt** (Edmond et Jules de). L'Art au XVIIIe siècle. 3e édition, illustré de planches hors texte. *Paris, Quantin*, 1880-1883; 2 tomes en 14 fascicules, papier de Hollande, brochés.

Belle et intéressante publication.

215. **Goncourt** (Ed. et J. de). L'Amour au XVIIIe siècle. *Paris, Dentu*, 1875; in-8, front. de Boilvin, texte encadré d'ornements, broché.

Exemplaire tiré sur papier Whatman.

216. **Goncourt** (Edmond de). La Maison d'un Artiste. *Paris, Charpentier*, 1881; 2 vol. in-12, brochés.

Bel exemplaire de l'édition originale, avec les couvertures conserv.

217. **Goncourt** (Edmond et Jules de). Germinie Lacerteux, 10 compositions par Jeanniot, gravées à l'eau-forte par L. Muller. *Paris, Quantin*, 1886; gr. in-8, pap. vélin, broché.

218. **Gouellain** (Charles). Céramique révolutionnaire. L'Assiette dite à la guillotine, avec une planche en couleur. *Paris, imprimerie Jouaust*, 1872; petit in-4, broché.

L'un des 50 exemplaires tirés à l'encre rouge sur papier vergé.

219. **Gouellain** (Gustave). Etude céramique sur une Vue du port de Rouen, d'après une plaque de faïence de la collection de M. le baron de Géricke, avec une gravure à l'eau-forte de E. Le Fèvre. *Rouen, Lebrument*, 1872; in-4, pap. de Hollande, fig. en double épreuve, broché.

220. **Gouffé** (Jules). Le Livre de Cuisine, comprenant la cuisine de ménage et la grande cuisine, avec 25 planches imprimées en chromo-lithographie et 161 vignettes sur bois. *Paris. Hachette*, 1867; gr. in-8, cart. percal. non rog.

221. **Grandville** (et trois têtes dans un même bonnet). Cent proverbes. *Paris, Fournier*, 1845; gr. in-8, figures de Grandville, demi-rel. mar. ch. rouge, tête dor., tr. éb.

Bel exemplaire de la première édition.

222. **Gravures sur bois** tirées des Livres français du XVe siècle. Sujets religieux. — Démons. — Etres imaginaires. — Chiffres. — Marques inédites, etc. *Paris, A. Labitte*, 1868; in-4 de 75 pl., demi-rel. mar. vert, dos et coins tr. dor.

223. **Gresset.** Poèmes. *Paris, Jouaust*, 1867; in-8, mar. vert, fil., dos orné, dent. int., tr. dor. (*Masson-Debonnelle*.)

L'un des 100 exemplaires tirés sur pap. vergé. N° 59.

224. **Guilmeth** (Auguste). Description géographique, historique, monumentale et statistique des arrondissements du Havre, Yvetot et Neufchâtel, suivie de l'histoire communale des environs de Rouen. *Paris, Delaunay*, 1838; 5 parties en 4 vol. in-8, demi-rel. v. violet, figures coloriées, tr. jasp.

225. **Halévy** (Ludovic). Deux Mariages : un grand Mariage — un Mariage d'amour. *Paris, Calmann-Lévy*, 1883; pet. in-8 carré, broché.

L'un des 50 exemplaires tirés sur papier du Japon, auquel on a ajouté 7 aquarelles inédites de Coindre.

226. — Trois Coups de Foudre. Dix dessins de Kauffmann, gravés par T. de Mare. *Paris, Conquet*, 1886; pet. in-12 br.

L'un des 150 exemplaires tirés sur pap. du Japon. N° 92.

227. — **L'ABBÉ CONSTANTIN**. Illustré par Madame Madeleine Lemaire. *Paris, Boussod, Valadon et Cᵉ*, 1887; in-4 et album, brochés.

L'un des 200 exemplaires tirés sur papier du Japon, contenant deux suites d'épreuves avant toute lettre : 1° une suite imprimée en camaïeu sur papier Whatman; 2° une suite imprimée en bistre sur pap. du Japon. N° 81.

228. **Hancarville** (H. d'). Monumens de la vie privée des douze Césars, d'après une suite de pierres gravées sous leur règne. *A Rome, de l'imprimerie du Vatican*, 1786; in-8, avec front. et 50 fig., v. fauve, fil., dent. int., tr. dor.

Exemplaire avec les planches coloriées.

229. **Havard** (Henry) et Marius *Vachon*. Les manufactures nationales : les Gobelins, la Savonnerie, Sèvres, Beauvais. *Paris, G. Decaux*, 1889; gr. in-4, fig. et pl., broché.

230. **Hédou** (Jules). Noël Le Mire et son Œuvre, suivi du catalogue de l'œuvre gravé de Louis Le Mire. *Paris, J. Baur*, 1875; gr. in-8, portrait, broché.

L'un des 50 exemplaires tirés sur papier Whatman. N° 6.

231. **Hédou** (Jules). Jean le Prince et son œuvre, suivi de nombreux documents inédits. Portrait à l'eau-forte par A. Gilbert. *Paris, Baur et Rapilly*, 1879; gr. in-8, broché.

L'un des 50 exemplaires tirés sur papier Whatman. N° 20.

232. **Héricault** (Ch. d'). La Révolution, 1789-1882. Appendices par Emm. de Saint-Albin, Victor Pierre et Arthur Loth. *Paris, Dumoulin*, 1883; gr. in-4, fig. et pl,, broché.

L'un des 150 exemplaires tirés sur papier vélin. N° 37.

233. **Heures de Paphos** (Les). Contes moraux, par un sacrificateur de Vénus. *S. l. (Bruxelles)*, 1787 (réimpression moderne), in-12, figures, broché.

234. **Hillemacher** (F.). Galerie historique des portraits des comédiens de la troupe de Voltaire, gravés à l'eau-forte sur des documents authentiques, avec des détails biographiques par E.-D. de Manne. *Lyon, Scheuring (de l'imprimerie de L. Perrin)*, 1861 ; in-8, mar. bleu, fil., dos orné, dent. int., tr. dor. *(Masson-Debonnelle)*.

Très-bel exemplaire.

235. — Galerie historique des portraits des comédiens de la troupe de Molière, gravés à l'eau-forte sur des documents authentiques, avec des détails biographiques, etc. *Lyon, N. Scheuring (de l'imprimerie de L. Perrin)*, 1869 ; in-8, mar. bleu, fil., dos orné, dent. int., tr. dor. *(Masson-Debonnelle.)*

Très bel exemplaire.

236. **Histoire** complète et méthodique des théâtres de Rouen, depuis leur origine jusqu'à nos jours, par J.-E.-B. (de Rouen). *Rouen, Giroux et Renaux*, 1860-1880 ; 4 vol. in-8, brochés.

237. **Histoire de la papesse Jeanne,** fidèlement tirée de la dissertation latine de M. de Spanheim. *La Haye, Scheurler*, 1738 ; 2 vol. in-12, fig., v. marb.

Ouvrage curieux.

238. **Hoffmann.** Contes fantastiques tirés des Frères de Sérapion et des Contes nocturnes Traduction de Loève-Veimars, avec une préface par G. Brunet 11 eaux-fortes par Ad. Lalauze. *Paris, Jouaust*, 1883 ; 2 vol. in-8, brochés.

L'un des 20 exemplaires tirés sur grand papier de Chine, avec la suite des planches en double état, avant et avec la lettre. N° 21.

239. **Holbein.** Le Triomphe de la Mort, gravé d'après les dessins originaux de Jean Holbein, par Ch. de Michel, graveur à Basle. *Basle*, 1780 ; pet. in-8 carré de 44 planches, mar. corinthe foncé, têtes de mort aux angles et au dos du vol., dent. int., tr. dor.

Très-curieuse suite en belles épreuves.

240. **Holbein** (Jean). Œuvres, ou Recueil de gravures, d'après ses plus beaux ouvrages, accompagné d'explications historiques et critiques... par Chrétien de Méchel. 1re partie : le

Triomphe de la Mort. *A Basle, chez l'auteur*, 1780; pet. in-fol. de 14 planches gravées, cart. percal., non rogné.

Belles épreuves.

241. **Horace.** Œuvres complètes, par ordre de production. Traduction de Goupy. *Paris, Firmin Didot*, 1857; pet. in-12, demi rel. mar. rouge, dos et coins, tête dor., non rog.

242. — Œuvres. Traduction nouvelle, par M. Jules Janin. *Paris, Hachette*, 1865; pet. in-8, mar. La Vallière, fil., dos orné, dent. int., tr. dor. *(David)*.

Exemplaire tiré sur pap. Whatman. N° 49.

243. **Houssaye** (Arsène). Galerie Flamande et Hollandaise. *Paris, Plon*, 1866; gr. in-fol., planches, demi-rel. mar. ch. rouge, dos orné, tète dor., non rog.

Nombreuses gravures.

244. — Les Légendes de la Jeunesse. *Paris, de P. Mellado et Ce*, 1866; gr. in-8, pl., demi-rel. mar. bleu, dos orné et coins, tr. dor. *(Masson-Debonnelle)*.

245. — Notre-Dame de Thermidor. Histoire de Madame Tallien. *Paris, Plon*, 1866; in-8, broché.

246. — Les Grandes Dames. *Paris, Dentu*, 1868; 4 vol. in-8, brochés.

247. — Le Chien perdu et la Femme fusillée. *Paris, Dentu*, 1872; 2 vol. in-8, portraits, brochés.

248. — Molière. Sa femme et sa fille. *Paris, Dentu*, 1880; gr. in-fol., pl., broché.

Exemplaire tiré sur papier de Hollande.

249. **Hugo** (Victor). Œuvres complètes. Nouvelle édition, ornée de vignettes. *Paris, Houssiaux*, 1860; 18 vol. gr. in-8. — La Légende des Siècles. *Paris, Michel Lévy*, 1859; 2 vol. gr. in-8. — Ensemble 20 vol. v. fauve, fil., dos ornés, tr. marb.

Bel exemplaire richement relié.

250. — Œuvres. *Paris, Lemerre*, 1875-1882; 19 vol. pet. in-12, brochés.

L'un des 60 exemplaires tirés sur pap. de Chine. N° 56.

251. **Hugo** (Victor). Notre-Dame de Paris. *Paris. Charpentier*, 1841; 2 vol. in-12, demi-rel. mar. vert, dos et coins, tête dor., non rog.

252. — Notre-Dame de Paris. Edition illustrée d'après les dessins de MM. E. de Beaumont, L. Boulanger, Daubigny,

Meissonier, etc. *Paris, Perrotin,* 1844; gr. in-8, demi-rel. mar. rouge, tête dor., non rog.

Très-bel exemplaire de cette édition recherchée.

253. **Hurtado de Mendoza.** Vie de Lazarille de Tormès. Traduction nouvelle et préface de A. Morel-Fatio. Nombreuses illustrations et eaux-fortes de Maurice Leloir. *Paris, Launette,* 1886; gr. in-8, broché. (Couvert. conserv.)

254. **Imitation de Jésus-Christ.** Traduction nouvelle avec des réflexions à la fin de chaque chapitre, par l'abbé F. de Lamennais. *Paris, Garnier frères,* 1865; gr. in-8, vignettes, broché.

L'un des 150 exemplaires tirés sur grand papier de Hollande. N° 148.

255. **Jacques** (Le Frère). Chansons. *Paris, Dentu,* 1864; gr. in-8, broché.

Rare.

256 **Janin** (Jules). Le Livre. *Paris, Plon,* 1870; gr, in-8, demi-rel. mar. vert, dos et coins, tr. dor. *(Masson-Debonnelle).*

Exemplaire tiré sur papier de Hollande. N° 15.

257. **Jannetaz** (Ed.), **E. Fontenay,** etc. Diamants et Perles précieuses : Cristallographie, bijoux, joyaux, orfévreries. *Paris, Rothschild,* 1881; gr. in-8. pap. de Hollande, fig., broché.

258. **Joanne** (Adolphe). Dictionnaire des Communes de la France. *Paris, Hachette,* 1864; gr. in-8, reliure pleine, chagrin brun, tr. jasp.

259. **Joliet** (Charles). Les Athéniennes : La maison de Catulle, Don Carlos. *Paris, Lemerre,* s. d.; in-12, v. fauve, fil., dos orné, tr. dor. *(Petit).*

Exemplaire tiré sur papier de Hollande.

260. **Joubert père.** Manuel de l'Amateur d'estampes. *Paris, l'Auteur,* 1821; 3 vol. in-8, mar. ch. brun, tête dor., non rog.

Petite note enlevée sur les titres des 3 volumes.

261. **Journal pour Rire.** Divers numéros du 23 avril 1852 au 24 mars 1855. En 3 vol. gr. in-fol., demi-rel. v. fauve, tr. rouge.

262. **Kama** Soutra. Règles de l'Amour de Vatsyayana (Morale des Brahmanes), traduit par E. Lamairesse. *Paris, Georges Carré,* 1891; gr. in-8 broché.

263. **Kock** (Paul de). Œuvres avec gravures. *Paris*, *Degorce-Cadot*, 1876-1878 ; 72 vol. in-12 brochés.

Exemplaire tiré sur papier de Hollande, avec les figures sur papier de Chine.

264. **LA BORDE** (de). **CHOIX DE CHANSONS** mises en musique ; ornées d'Estampes par J.-M. Moreau. Tome Ier. *Paris, chez de Lormel*, 1773 ; gr. in-8, v. fauve, fil., dos orné, tr. dor.

Splendides épreuves.

265. — Choix de Chansons mises en musique, ornées d'estampes en taille-douce. *Rouen*, *J. Lemonnyer*, 1881 ; 4 vol. in-4, en cartons.

Exemplaire tiré sur papier de Hollande, avec la suite des planches en double état, en noir et en bistre.

266. **La Bourdonnais** (de). Nouveau Traité du jeu des Echecs. *Paris*, *café de la Régence*, 1833 ; in-8, pl., demi-rel. v. rouge, non rog. Paris, 1886.

267. **La Bruyère.** Œuvres. Nouvelle édition, revue sur les plus anciennes impressions, et augmentée de morceaux inédits, etc., par G. Servois *Paris*, *Hachette*, 1865-1878 ; 3 tomes en quatre parties gr. in-8, avec appendice et album brochés.

De la Collection des grands écrivains de la France. — L'un des 150 exemplaires tirés sur grand papier vélin. N° 124.

268. — Les Caractères. Avec 18 gravures à l'eau-forte par V. Foulquier. *Tours*, *Alfred Mame et fils*, 1867 ; in-4, cuir de Russie, large dent., dos orné doublé de moire, dent. int., tr. dor.

Bel exemplaire tiré sur pap. vergé. N° 49.

269. — Les Caractères. Avec 18 gravures à l'eau-forte par V. Foulquier. *Tours*, *Alfred Mame et fils*, 1867 ; in-4 broché.

L'un des 200 exemplaires tirés sur papier vergé. N° 30.

270. — Œuvres complètes. Nouvelle édition publiée par Chassang. *Paris*, *Garnier frères*, 1876 ; 2 vol. gr. in-8, portrait, brochés.

L'un des 150 exemplaires tirés sur grand papier de Hollande. N° 25.

271. **Lacroix** (Paul) et **F. Seré.** Le Moyen-Age et la Renaissance. Histoire et description des mœurs et usages, du commerce et de l'industrie, des sciences, des arts, des littératures et des beaux-arts en Europe. *Paris*, *à l'Administration*, 5, rue du Pont-de-Lodi, 1848-1851 ; 5 vol. in-4,

figures noires et en chromolithographie, montées sur onglets, mar. rouge jans., dent. int., tr. dor. *(Petit).*

Magnifique exemplaire.

272. **Lacroix** (Paul). Dix-Septième siècle. Institutions. Usages et costumes. — Lettres, sciences et arts. France 1590-1700. Ouvrage illustré de 33 chromolithographies et de 600 gravures sur bois. *Paris, Firmin Didot,* 1880-1882; 2 vol in-4, brochés.

L'un des 500 exemplaires tirés sur grand papier. N° 131.

273. — Dix-Huitième Siècle. Institutions, usages et costumes. 1700-1789. Ouvrage illustré de 21 chromolithographies et de 350 gravures sur bois. — Lettres, sciences et arts Ouvrage illustré de 16 chromolithographies et de 250 gravures sur bois. *Paris. Firmin Didot,* 1875-1878; 2 vol. in-4, brochés.

Exemplaires tirés sur grand papier.

274. — Directoire, Consulat et Empire. Mœurs et usages. France 1795-1815. Ouvrage illustré de 12 chromolithographies et de 410 gravures sur bois. *Paris, Firmin Didot,* 1884; in-4, broché.

L'un des 500 exemplaires tirés sur grand papier. N° 59.

275. — La Bibliothèque de J. Janin. *Paris, Librairie des Bibliophiles,* 1877; in-18, broché.

L'un des 10 exemplaires tirés sur papier de Chine. N° 10.

276. **LA FONTAINE. FABLES.** Avec figures gravées par MM. Simon et Coiny. *A Paris, de l'Imprimerie de Didot l'aîné,* 1787; 6 vol. in-18, pap. vélin, mar. violet, dent., dos ornés, tr. dor.

Très-bel exemplaire contenant les figures **avant les n°s.**

277. **La Fontaine.** Fables. Edition illustrée par J.-J. Grandville. *Paris, H. Fournier et Perrotin,* 1838; 2 vol. gr. in-8, demi-rel. mar. violet, tête dor., non rog.

Très-bel exemplaire de la première édition sous cette date. comprenant le premier tirage des vignettes de Grandville dans une curieuse reliure de l'époque. Quelques taches de rousseur.

278. — Fables. Illustrations par Grandville. *Paris, Garnier frères,* 1864; gr. in-8, demi-rel. mar. vert, dos et coins, tr. dor.

279. — Fables. Avec les dessins de Gustave Doré. *Paris, Hachette,* 1867; 2 vol. in-fol., cart. percal., non rog.

Exemplaire de luxe du 1er tirage. avec les planches sur pap. de Chine.

280. **La Fontaine** (J. de). Œuvres : Texte original avec notes, par Alph. Pauly. Fables, 2 vol. Contes et nouvelles, 2 vol. *Paris, Lemerre*, 1868; 4 vol. pet. in-12, portrait, cuir de Russie, fil., dos ornés, dent., tr. dor. (*David*).

L'un des 116 exemplaires tirés sur pap. Turkey-Mill. N° 7. — Rare.

281. **La Fontaine.** Œuvres complètes. Nouvelle édition revue sur les textes originaux, avec un travail de critique et d'érudition par Louis Moland. *Paris, Garnier frères*, 1872–1876. 7 vol. gr. in–8, figures, broché.

L'un des 150 exemplaires tirés sur grand papier de Hollande. N° 148.

282. — Fables. Notices par Poujoulat. 50 gravures et un portrait à l'eau-forte par V. Foulquier. *Tours, Alfred Mame et fils*, 1875 ; in-4 broché.

L'un des 300 exemplaires tirés sur papier vergé. N° 166.

283. **La Fontaine** (J. de). Œuvres, d'après les textes originaux, suivies d'une notice sur sa vie et ses ouvrages, d'une étude bibliographique, de notes et d'un glossaire, par Alphonse Pauly. *Paris, Lemerre*, 1875-1884 ; 6 vol. gr. in-8 brochés.

L'un des 25 exemplaires tirés sur grand pap. de Chine. N° 4. Accompagnés de 72 fig. d'Oudry, gravées par Courtry, et 40 fig. de Lancret.

284. — Œuvres. Nouvelle édition, revue sur les plus anciennes impressions et les autographes, par Henri Regnier. *Paris, Hachette*, 1883-1893 ; 11 vol. gr. in-8, avec album, brochés.

De la collection des grands écrivains de la France. — L'un des 150 exemplaires tirés sur grand papier vélin. N° 63.

285. **La Fontaine.** Fables publiées par D. Jouaust, avec l'éloge de La Fontaine par Chamfort. Dessins d'Emile Adam, gravés à l'eau-forte par Le Rat. *Paris, Jouaust*, 1885 ; 2 vol. gr. in-8 brochés.

L'un des 20 exemplaires tirés sur grand pap. de Chine, avec les figures en double état, avant et avec la lettre.

286. **Lafontaine.** Fables. Suite de 1 frontispice et de 275 figures d'après Oudry, dessinées et gravées par Punt, A. Delfos et Vinkelès (du 1er 92, du 2e 4, et du 3e 179).

Belle suite remargée grand in-8, manque la planche les deux Mulets.

287. — Suite de 72 eaux-fortes d'après Oudry, pour illustrer les fables, gravées par Courtry, Lerat, Monziès, etc.

Tirage, avant la lettre, sur papier de Hollande.

288. — Suite de 160 vignettes de Desenne, etc., in 8, pour illustrer les contes et les fables.

289. **LA FONTAINE** (de). **CONTES ET NOUVELLES** en vers, avec une notice par D. Diderot. *Amsterdam* (*Paris, Barbou*), 1762; 2 vol. in-8, figures d'Eisen, mar. rouge, large dent., dos orné à l'oiseau, dent. int., tr. dor. (*Capé.*)

Des livres illustrés du XVIIIe siècle. Cette édition des *Contes de Lafontaine*, dite des *Fermiers généraux*, parce qu'ils en firent les frais, est celle dont l'ensemble est le plus beau et le plus agréable; c'est, en outre, le chef-d'œuvre d'Eisen.

Notre exemplaire contient, en plus des deux portraits de Lafontaine et d'Eisen, des 80 gravures, 4 vignettes et 53 culs-de-lampe :

1° Le portrait de Lafontaine, en ovale, d'après Rigault, par Gaucher, en 1er état;

2° 17 gravures *dites refusées;*

3° Le Savetier et la Clochette à l'état d'eau-forte.

Le Cas de conscience et le Diable de Papefiguière sont voilés et dévoilés.

Les magnifiques vignettes et culs-de-lampe sont en tirage *hors texte* ou à l'état d'eau-forte, deux sont remontés, le dernier cul-de-lampe du tome Ier et celui du portrait de Choffard manquent.

Exemplaire ayant appartenu à Capé et provenant de sa vente (n° 435), sur lequel il a exécuté une de ses plus belles reliures.

290. — **La Fontaine** (de). Contes et Nouvelles en vers. *A Amsterdam*, 1767; 2 vol. in-8, fig., mar. rouge, fil., coins dorés, dos ornés, tr. dor. (*Rel. anc.*)

Contrefaçon de l'édition de 1762.

291. **LAFONTAINE. Contes. Didot l'aîné.** 1795. Suite des 20 figures d'après Fragonard, destinées à orner l'édition en 2 volumes in-4, dont Joconde avant les numéros, et 5 planches d'un tirage postérieur, la Gageure des trois Commères (le fil), le Juge de Mesle, la Fiancée du roi de Garbe (le chevalier), la Clochette et le Poirier, demi-rel. sur onglets maroq. du Levant rouge provenant et avec l'ex-libris de la bibliothèque E.-M. Bancel.

En plus les 5 pièces suivantes en feuilles : **Le Muletier,** très-rare épreuve à l'état d'eau-forte, le Bât (remargé) et la Chaise cassée (le tableau) par Caquet, la Fiancée avant les numéros et le Fleuve scamandre, en tout 30 planches.

Magnifiques épreuves, grandes marges.

292. **La Fontaine.** Contes et Nouvelles. Edition illustrée par MM. Tony Johannot, Cam. Roqueplan, Devéria, Fragonard, etc. *Paris, Bourdin et Ce*, s. d. (1839), gr. in-8, demi-rel. mar. ch. violet, non rog.

Manque le frontispice et les figures de l'édition qui sont remplacées par un tirage médiocre de celles des Fermiers-Généraux.

293. **La Fontaine** (De). Contes et Nouvelles en vers. *Lyon, Scheuring* (*de l'imprimerie de L. Perrin*), 1874 ; 2 vol. in-8, pap. vergé teinté, brochés.

Bel exemplaire.

294. **La Fontaine.** Contes. Les 20 estampes dessinées par Fragonard et Touzé pour l'édition de P. Didot l'aîné, Paris, 1795 ; réduites et gravées à l'eau-forte par T. de Mare. *Paris, Conquet*, 1881 ; gr. in-4, en feuilles.

Exemplaire de troisième état, sur Hollande, avant lettre.

295. — Contes. Les 20 estampes dessinées par Fragonard et Touzé pour l'édition de P Didot l'aîné, Paris, 1795 ; réduites et gravées par T. de Mare *Paris, Conquet*, 1881 ; gr. in 4, en feuilles.

Exemplaire de quatrième état, sur Hollande, avec numéros.

296. — Contes et Nouvelles en vers, ornés d'Estampes de Fragonard. Réimpression de l'édition de Paris, Didot, 1795. Augmentée d'une notice par A. de Montaiglon. *Paris, Lemonnyer*, 1882 ; 2 vol. in-4, en feuilles.

L'un des 100 exemplaires tirés sur papier du Japon, avec les planches en double état, avant et avec la lettre. N° 4.

297. — Figures de Fragonard pour illustrer les contes de La Fontaine, gravées par Martial. *Paris, Rouquette*, s. d. ; in-fol. de 57 pl. en feuilles.

Exemplaire de troisième état, avec les noms à la pointe sèche. — Manque le titre.

298. — Réimpression des belles collections de gravures du XVIIIe siècle. Suite d'estampes dessinées par Lancret, Pater, Eisen, Boucher, etc., pour illustrer les contes de La Fontaine, gravées au burin par Depollier aîné. Splendide collection de 40 pl. in-4, en 13 fascicules. — Suite des 6 estampes dessinées et gravées au trait par J.-H. Ramberg pour illustrer les contes de La Fontaine. Fascicule unique. *Paris, Lemonnyer*, 1883 ; 14 fascicules gr. in-4, en feuilles.

Exemplaire du troisième état, en double état, sur Japon noir et Japon bistre.

299. — Contes, publiés par D. Jouaust, avec une préface de Paul Lacroix. Dessins d'Ed. de Beaumont, gravés à l'eau-forte par Boilvin. *Paris, Jouaust*, 1885 ; 2 vol. gr. in-8, brochés.

L'un des 20 exemplaires tirés sur grand papier de Chine, avec les figures en double état, avant et avec la lettre. N° 12.

300. — Suite de 95 vignettes pour les Contes, d'après Monnet, Duplessis-Bertaux, Sergent. Edition Cazin; gr. in-8, ancien tirage.

Le classement de chaque planche est indiqué.

301. — Contes. Suite de 40 eaux-fortes d'après Fragonard, Lancret, etc., gravées par Courtry, Monziès.

Tirage avant lettre sur papier Wathman.

302. **Lalanne** (Maxime). Traité de la gravure à l'eau-forte. Texte et gravures. Avec une lettre-préface de Charles Blanc. *Paris, Quantin*, 1878; gr. in-8, broché.

303. **Lamartine.** Le Lac. Compositions et eaux-fortes, par Alexandre de Bar. *Paris, Curmer*, 1860; gr. in-fol. en feuilles, dans un carton.

L'un des exemplaires avec les planches sur papier de Chine. N° 15.

304. — Œuvres complètes, publiées et inédites. *Paris, l'Auteur*. 1860-1863; 40 vol. gr. in-8, v. rouge, fil., dos ornés, dent. int., tr. marb.

Magnifique exemplaire luxueusement relié.

305. — Œuvres poétiques. *Paris, Furne, Jouvet et Ce*, 1875-1879; 6 vol. — Romans. *Paris, Furne, Jouvet*, 3 vol. — Ensemble 9 vol. in-12, brochés.

306. **Lamartine** (A. de). Raphaël. Pages de la vingtième année. 10 compositions par Sandoz, gravées à l'eau-forte par Champollion. *Paris, Quantin*, s. d.; gr. in-8, broché.

Exemplaire sur papier vélin. N° 113.

307. **Langlois** (E.-Hyacinthe). Essai historique et descriptif de l'Abbaye de Fontenelle ou de Saint-Wandrille, et sur plusieurs autres monumens des environs. Avec figures et plans inédits, dessinés et gravés par l'auteur. *Paris, Imprimerie de Tastu*, 1827; in-8 broché.

308. — Essai sur la calligraphie des manuscrits du Moyen-Age et sur les ornements des premiers livres d'heures imprimées. *Rouen, Imprimerie Lefèvre*, 1841; in-8, pl., demi-rel. mar. rouge, dos et coins, tête dor., non rog. (*Capé*).

Bel exemplaire.

309. — **Album de dessins** de E.-H. Langlois du Pont-de-l'Arche, gravés par Jules Adeline, Ernest Lefèvre et Bracquemond, et fac-similés reproduits par les procédés héliographiques de M. Amand-Durand. Autobiographie et recueil

de lettres à B. de Roquefort, classés et accompagnés d'un texte par Alf. Dieusy. *Rouen, Ernest Schneider*, 1885; 1 vol. in-fol. en 20 fascicules.

Exemplaire tiré sur papier Wathman, avec la suite des planches en double état : sur Chine et à la sanguine sur papier Wathman.

310. — **Album de dessins** de E.-H. Langlois du Pont-de-l'Arche, gravés par Jules Adeline, Ernest Lefèvre et Bracquemond, et fac-similés reproduits par les procédés héliographiques de M. Amand-Durand. Autobiographie et recueil de lettres à B. de Roquefort, classés et accompagnés d'un texte par Alf. Dieusy. *Rouen, Ernest Schneider*, 1885; 1 vol. in-fol. en 20 fascicules.

311. **La Péruse** (Jean-Bastier de). Œuvres poétiques, nouvelle édition, publiée par E. Gellibert des Séguins. *Paris, Jouaust*, 1867; pet. in-8, pap. de Hollande, mar. La Vallière, compart. de fil., milieux dorés, dos orné, doublé de mar. vert, large dent., tr. dor. (*Masson-Debonnelle*). On a ajouté à l'exemplaire une lettre autographe de M. Gellibert des Séguins.

Riche reliure.

312. **La Rochefoucauld.** Réflexions ou Sentences et Maximes morales. Edition Louis Lacour. *Paris, Jouaust*, 1868; in-8, mar. vert jans., dent. int., tr. dor. (*Masson-Debonnelle*).

L'un des 15 exemplaires tirés sur pap. Whatman. N° 3.

313. — Œuvres, nouvelle édition, revue sur les plus anciennes impressions et les autographes, et augmentée par D.-L. Gilbert et J. Gourdault. *Paris, Hachette*, 1868–1883; 3 tomes en 4 vol. gr. in-8, avec appendice et album, brochés.

De la Collection des Grands Ecrivains de la France. — L'un des 150 exemplaires tirés sur grand papier vélin. N° 39.

314. **Larousse** (P.). Flore latine des dames et des gens du monde, ou clef des citations latines que l'on rencontre fréquemment dans les ouvrages des écrivains français. *Paris, Larousse et Boyer*, s d., gr. in-8, demi-rel. mar. vert, dos orné et coins tr. dor. (*Masson-Debonnelle*).

315. **La Saussaye** (L. de). Le Château de Chambord. *Lyon, imprimerie de Louis Perrin*, 1859; in-8, mar. bleu, semis de fleurs de lis et d'F couronnés sur les plats et le dos du volume, dent. int., tr. dor. (*Capé*).

Très-riche reliure.

316. — Blois et ses environs. 3e édition du guide dans le Blésois, illustrée de 38 vignettes. *Blois*, 1862; in-8, mar.

La Vallière, mosaïque sur le dos et les plats du volume, dent. int, tr. dor (*Capé*).

Ouvrage richement relié.

317. **Le Blanc** (Charles). Manuel de l'Amateur d'Estampes. Livraisons I à IX. Paris, *P. Jannet*, 1850-1857; 9 fascicules in-8, brochés.

318. **Ledru** (Oscar). Les Maris célèbres, anciens et modernes. Esquisses historiques de leurs mésaventures conjugales. *Paris, Plumage Damourette*, 6868 (1868), pet. in-12 broché.

Tiré à 125 exemplaires, tous sur papier jaune. N° 56.

319. **Legendre.** Histoire de la Persécution faite à l'église de Rouen, sur la fin du XVIIe siècle, précédée d'une notice historique et bibliographique par Emile Lesens. *Rouen, Deshays*, 1874; gr. in-8, pap. de Hollande, avec 2 plans, broché.

320. **Le Houx** (Jean). Les Vaux-de-Vire, publiés pour la première fois sur le ms. autographe du poète, avec introduction et notes par A. Gasté *Caen, veuve Le Gost-Clérisse*, 1875; in-8 broché.

L'un des exemplaires tirés sur papier de Chine. — N° 3.

321. **Leonid de Simonoff** et **J. de Moerder.** Les Races chevalines. Avec une étude spéciale sur les chevaux russes. Ouvrage orné de 32 planches en chromolithographie. *Paris, Librairie de la Maison rustique*, s. d,; in-4 broché.

322. **Le Sage.** Histoire de Gil Blas de Santillane; précédée d'une notice par Sainte-Beuve; suivie de Turcaret et de Crispin, rival de son maitre. *Paris, Garnier frères*, 1864; 2 vol. gr. in-8, fig., brochés.

L'un des 150 exemplaires tirés sur grand papier de Hollande. N° 148.

323. — Histoire de Gil Blas de Santillane. Réimpression de l'édition de 1747, précédée d'une introduction par F. Sarcey, et ornée d'un portrait de l'auteur d'après Guélard. *Paris, Jouaust*, 1873; 2 vol. in-8, brochés.

L'un des 20 exemplaires tirés sur grand papier de Chine. N° 4. Avec la suite de H. Pille, avant la lettre.

324. — Histoire de Gil Blas de Santillane, précédée d'une préface par H. Reynald. 13 eaux-fortes par R. de Los Rios. *Paris, Jouaust*, 1879; 4 vol. in-8, brochés.

L'un des 20 exemplaires tirés sur grand papier de Chine, avec la suite des planches en double état, avant et avec la lettre. N° 18.

325. — Le Diable boiteux. Publié par G. d'Heilly et F. Steenackers. *Paris, Jouaust*, 1868; gr. in-8, broché.

L'un des 20 exemplaires tirés sur grand papier Whatman. N° 16.

326. — Le Diable boiteux. Avec une préface par H. Reynald. Gravures à l'eau-forte par Ad. Lalauze. *Paris, Jouaust*, 1880; 2 vol. gr. in-8, brochés

Exemplaire tiré sur grand pap. de Chine, avec les figures en double état, avant et avec la lettre. N° 26.

327. **Lescure** (de). Marie-Antoinette et sa Famille, d'après les nouveaux documents. Illustré de 10 gravures sur acier par G. Staal. *Paris, Ducrocq*, 1866; gr. in-8, mar. violet, dos et plats fleurdelisés, tr. dor.

Bel exemplaire.

328. **Levayer de Boutigny**. Tarsis et Zélie. Nouvelle édition. *Paris, Musier fils*, 1774; 3 tomes en 6 vol. gr. in-8, figures de Cochin, Moreau et Eisen, v. marb., fil.

Très-belles épreuves.

329. **Liégeard** (Stephen). La Côte d'Azur. *Paris, Quantin*, s. d. (1888); pet. in-fol., figures, broché.

330. **Lièvre** (Edouard). Musée Impérial du Louvre. Collection Sauvageot. Dessinée et gravée à l'eau-forte; accompagnée d'un texte historique et descriptif, par A. Sausay. *Paris, Noblet et Baudry*, 1863; 2 vol. in-fol., pl. sur pap. de Chine, mar. rouge, compart. de fil., dos ornés, dent. int., tr. dor. (*Petit*).

Magnifique exemplaire.

331. **Lièvre** (Edouard). Le Musée universel, avec le concours des artistes et des écrivains les plus distingués. *Paris, Goupil et Ce*, 1868; 3 vol. in-fol., pl., demi-rel. mar. bleu. dos et coins, tête dor., non rog.

L'un des 60 exemplaires tirés sur papier de Hollande.

332. — Les Collections célèbres d'Œuvres d'art dessinées et gravées d'après les originaux. Textes historiques et descriptifs par de Saulcy, A. de Longpérier, P. Mantz, Ed. de Beaumont, Ph. Burty, etc *Paris, Goupil et Ce*, 1866; in-fol., demi-rel. mar. rouge, tête dor., non rog.

Bel exemplaire.

333. **Littré** (E.) et Ch. **Robin.** Dictionnaire de Médecine, de Chirurgie, de Pharmacie, etc. *Paris, J.-B. Baillière et fils*, 1865; gr. in-8, demi-rel. mar. ch. violet, tr. jasp.

334. **Littré** (E.). Dictionnaire de la langue française, avec le supplément. *Paris, Hachette*, 1873-1881 ; 5 vol. gr. in-4, demi-rel. mar. ch. violet, tr. jasp.

335. **Livre** (Le) **des cent Ballades**, contenant des conseils à un chevalier pour aimer loïalement et les responses aux ballades. Publié, d'après trois manuscrits, par le marquis de Queux de Saint-Hilaire. *Paris, Maillet*, 1868 ; in-8, mar. citron, fil., dos mosaïqué. dent. int., tr. dor (*Masson-Debonnelle*).

L'un des 5 exemplaires tirés sur papier Whatmann. N° 5.

336. **Livre des Sonnets** (Le). Dix dizains de sonnets choisis. *Paris, Lemerre*, 1874 ; in-8, broché.

L'un des 50 exemplaires tirés sur papier de Chine. N° 45.

337. **Loiseleur** (Jules). Les Points obscurs de la vie de Molière. — Les Années d'étude. — Les Années de lutte et de vie nomade. — Les Années de gloire, etc., avec un portrait de Molière gr. par Ad. Lalauze. *Paris, Liseux*, 1877 ; in-8, pap. de Hollande, broché.

338. **Longus**. Les Amours pastorales de Daphnis et Chloé (traduites du grec par J. Amyot). *Paris* (*Coustelier*), 1745 ; in-12, front. de Coypel et 29 fig. de Philippe d'Orléans, gr. par Audran, mar. vert., fil., dos orné, dent. int., tr. dor. (*Capé*).

Bel exemplaire contenant la figure dite « des petits pieds ».

339. — Daphnis et Chloé. 7 eaux-fortes d'après les dessins de Prudhon, gravées par Boilvin.

Tirage avant lettre sur papier Wathman in-8, toutes marges.

340. — Les mêmes.

Tirage avant lettre sur papier de Chine in-8, toutes marges.

341. **Lorrain** (Jean). La Dame turque, illustrée par la photographie d'après nature. *Paris, Nilsson*, s. d. ; pet. in-8 broché. (Couv. cons.)

342. **Lorris** (Guillaume de) et **Jehan de Meung**. Le Roman de la Rose. Nouvelle édition, revue et corrigée sur les meilleurs et les plus anciens manuscrits, par M. Méon. *Paris, de l'Imprimerie de Didot l'aîné*, 1814 ; 4 vol. in-8, pap. vélin, fig. demi-rel. v. fauve, non rognés.

343. **LOUVET** (J.-B.). **LES AMOURS DU CHEVALIER DE FAUBLAS.** Troisième édition revue par l'auteur. *Se vend à Paris, chez l'auteur, rue de Grenelle-Germain,*

an VI; 4 vol. in-8, fig. mar. rouge, fil., dos ornés, **dent.** int., tr. dor. (*Chambolle-Duru*).

Très bel exemplaire relié sur brochure, contenant les **27 figures** dess. par Demarne, Mlle Gérard, Marillier, Monsiau et Monnet, épreuves en double état, **avant et avec la lettre.**

344. **Louvet de Couvray** Les Amours du Chevalier de Faublas. Nouvelle édition ornée de huit superbes gravures dessinées par Collin, élève de Girodet. *Paris, Amb. Tardieu*, 1821; 4 vol. in-8, demi-rel. mar. rouge, tr. marb.

Exemplaire auquel on a ajouté un certain nombre de planches de différentes suites.

345. — Les Amours du Chevalier de Faublas. Avec une préface par Hippolyte Fournier. Dessins de Paul Avril, gravés à l'eau-forte par Monziès. *Paris, Jouaust*, 1884; 5 vol. in-8, brochés.

L'un des 20 exemplaires tirés sur grand pap. de Chine, avec la suite des planches en double état, avant et avec la lettre. N° 13.

346. **Magny** (Marquis de). Nouveau Traité historique et archéologique de la vraie et parfaite Science des Armoiries. *Paris, Aubry*, 1856; 2 tomes en 1 vol. très-grand in-4, avec blasons coloriés, demi-rel. vélin. dos et coins, tête dor., non rognée.

347. **Mahérault** (M.-J.-F.). L'Œuvre de Moreau le jeune. Catalogue raisonné et descriptif avec Notes iconographiques et bibliographiques. *Paris, Ad. Labitte*, 1880; gr. in-8, pap. de Hollande, portrait, broché.

348. **Mahomet**. L'Alcoran. Translaté d'arabe en français par le sieur Du Ryer. *Suivant la Copie imprimée, à Paris, chez Antoine de Sommaville* (*Hollande Elzevier*), 1672; pet. in-12, mar. vert, fil., dos orné, dent. int., tr. dor. (*Hardy*).

Bel exemplaire.

349. **Maistre** (Xavier de). Voyage autour de ma chambre, suivi de l'Expédition nocturne. Préface par Jules Claretie. Six eaux-fortes par Hédouin. *Paris, Jouaust*, 1877; in-8 broché.

L'un des 20 exemplaires tirés sur grand pap. de Chine, avec la suite des planches en double état, avant et avec la lettre. N° 20.

350. — Voyage autour de ma chambre. Suite de 8 eaux-fortes gravées par Dupont.

Tirage avant lettre sur papier de Chine.

351. **Malfilatre**. Narcisse dans l'Isle de Vénus. Poème en quatre chants. *Paris, Lejay*, s. d. (1769); in-8, titre par de

Ghendt et 4 fig. de G. de Saint-Aubin, gr. par Massard, mar. bleu. fil., plats ornés de dentelles, avec coins, dos orné, dent int., tr. dor. (*Masson-Debonnelle*).

Exemplaire auquel on a ajouté d'Eisen 2 figures et le tirage à part de 8 fleurons remontés.

352. — Narcisse dans l'Isle de Vénus. Poème en quatre chants. *Paris, l'an III*e (1795); pet. in-8. mar. rouge, fil., dos orné, doubl. de mar. vert, large dent., tr. dor. (*Capé*.)

Exemplaire tiré **sur peau de vélin.**

353. **Malherbe.** Œuvres; recueillies et annotées par M. L. Lalanne. *Paris, Hachette*, 1862-1869; 5 vol. gr. in-8, avec Album, brochés.

De la Collection des grands Ecrivains de France. — L'un des 150 exemplaires tirés sur grand papier vélin. N° 68.

354. **Malpez** et **Baveret.** Notices sur les Graveurs qui nous ont laissé des Estampes marquées de monogrammes *Besançon, de l'Imprimerie de Taulin-Dessirier*, 1807; 2 vol. in-8, demi-rel. mar. La Vallière, dos et coins, tête dor., non rognés.

Quelques taches.

355. **Mangin** (Arthur). Les Jardins. Histoire et description. Dessins de Anastasi, Daubigny, V. Foulquier, H. Giacomelli, etc. *Tours, Alfred Mame et fils*, 1867; in-fol., cart., percal., tr. dor.

356. **Manne** (E.-D. **de).** Galerie historique des Comédiens de la troupe de Talma. Notice sur les principaux Sociétaires de la Comédie-Française, depuis 1789 jusqu'aux trente premières années de ce siècle. Avec des portraits gravés à l'eau-forte par F. Hillemacher. *Lyon, Scheuring* (*de l'Imprimerie de L. Perrin*), 1866; in-8, mar. bleu, fil., dos orné, dent. int., tr. dor. (*Capé, Masson-Debonnelle*.)

Bel exemplaire.

357. **Manne** (E.-D. **de)** et **C. Ménétrier.** Galerie historique des Comédiens de la troupe de Nicolet. Notices sur certains acteurs et mimes qui se sont fait un nom dans les annales des scènes secondaires, depuis 1760 jusqu'à nos jours. Avec des portraits gravés à l'eau-forte par F. Hillemacher. *Lyon, Scheuring* (*de l'Imprimerie de L. Perrin*), 1869; in-8, mar. bleu, fil., dos orné, dent. int., tr dor. (*Capé, Masson-Debonnelle*.)

Bel exemplaire.

358. — Galerie historique de la Comédie-Française, pour servir de complément à la troupe de Talma. Ornée de portraits gravés à l'eau-forte par M. Fugère. *Lyon, Scheuring*, 1876; in-8, pap. vergé, broché.

359. **Marguerite** (la Reyne). Mémoires (publiés par Auger de Moléon, seigneur de Granier). Edition nouvelle, plus correcte. *A Paris, chez Claude Barbin*, 1661; pet. in-12, mar. rouge, chiffre couronné de la reine aux angles du volume, dos fleurdelisé, dent. int., tr. dor. (*Capé*.)

Charmant exemplaire.

360. **Marguerite, reine de Navarre.** Heptaméron françois. *Berne, chez la Nouvelle Société typographique*, 1792; 3 vol. in-8, avec 73 fig. par Freudeberg. 72 vignettes et 72 culs-de-lampe par Dunker, mar. bleu, fil., dos ornés, dent. int., tr. dor.

Petite éraflure au dos du 1er volume.

361. **Marguerite d'Angoulême,** reine de Navarre. L'Heptaméron des Nouvelles. Nouvelle édition publiée sur les manuscrits par la Société des Bibliophiles français. *Paris, Ch. Lahure*, 1853; 3 vol. pet. in-8, pap. de Hollande, fig. mar. bleu, fil., chiffre de Marguerite aux coins et sur le dos des volumes, dent. int., tr. dor. (*Masson-Debonnelle*).

Exemplaire relié sur brochure provenant de la vente Sainte-Beuve et portant quelques notes de sa main au crayon.

362. **Marguerite, reine de Navarre.** Les Sept Journées de la reine de Navarre, suivies de la huitième. (Edition de Claude Gruget. 1559). Notices et notes par Paul Lacroix. Index et glossaire. *Paris, Jouaust*, 1872; 4 tomes en 8 fascicules, in-8, brochés.

L'un des 10 exemplaires tirés sur grand papier de Chine, avec les figures avant la lettre. No 6.

363. — Les Sept Journées de la reine de Navarre, suivies de la huitième. (Edition de Claude Gruget, 1559). Notice et notes par Paul Lacroix. Index et glossaire. *Paris, Jouaust*, 1872; 4 tomes en 8 fascicules in-8, brochés.

L'un des 10 exemplaires tirés sur grand pap. Whatman, avec la suite des planches en double état, avant et avec la lettre.

364. **Marguerite,** Reine de Navarre. Les Sept Journées de la Reine, suivies de la huitième. (Edition de Claude Gruget, 1559). Notice et notes par Paul Lacroix. Index et glossaire. Planches à l'eau-forte par Flameng. *Paris, Jouaust*, 1872; 4 tomes en 8 fascicules in-12, brochés.

L'un des 25 exemplaires tirés sur pap. de Chine, avec les figures avant la lettre.

365. — Le même. Suite de 1 portrait et de 8 eaux-fortes de Léopold Flameng, tirage in-12 sur papier Wathman.

366. — L'Heptaméron des Nouvelles. Réimprimé par les soins de D. Jouaust. Avec une notice, des notes et un glossaire par Paul Lacroix. *Paris, Jouaust*, 1880; 2 vol. gr. in-8, brochés.

L'un des 30 exemplaires tirés sur grand papier de Chine. N° 26.

367. **Marguerite de Navarre.** Les Marguerites de la Marguerite des Princesses. Texte de l'édition de 1547. Publié avec introduction, notes et glossaire par Félix Frank. *Paris, Jouaust*, 1873; 4 vol. in-8, brochés.

L'un des 15 exemplaires tirés sur grand pap. de Chine. N° 11.

368. **Marot** (Clément). Œuvres annotées, revues sur les éditions originales, et précédées de la vie de Clément Marot, par Ch d'Héricault. *Paris, Garnier frères*, 1867; gr. in-8, portrait, broché.

L'un des 150 exemplaires tirés sur grand papier de Hollande. N° 13.

369. **Marryat** (M.-J.) Histoire des poteries, faïences et porcelaines. Traduit de l'Anglais et accompagné de notes par MM. le comte d'Armaillé et Salvetat. *Paris, veuve Renouard*, 1866; 2 vol. gr. in-8, fig. mar. brun jans., dent. int., tr. rouge.

370. **Martial** (A -P.). Paris en 1867. Texte et figures gravées à l'eau-forte. *Paris, Beillet*, 1867; gr. in-8, demi-rel. v. rose, dos orné et coins, tête dor., non rog.

371. — Le même ouvrage, cartonné rouge.

Ezemplaire tiré sur papier de Chine.

372. **Martin** (Henri). Histoire de France, depuis les temps les plus reculés jusqu'en 1789. *Paris, Furne*, 1865; 17 vol. in-8, portrait, demi-rel. mar. brun, dos et coins, tête dor., tr. éb.

Bel exemplaire.

373. **Massillon.** Œuvres choisies. Nouvelle édition accompagnée de notes et précédée d'une étude sur Massillon, par M. Godefroy. *Paris, Garnier frères*, 1868; 2 vol. gr. in-8, portrait, brochés.

L'un des 150 exemplaires tirés sur grand papier de Hollande. N° 28.

374. **Maudit** (Le). par l'abbé***. *Paris, Librairie internationale*, 1864; 3 vol. in-8, demi-rel. mar. rouge, dos et coins, tr. dor. (*Masson-Debonnelle*).

375. **Maze-Sencier.** Le Livre des Collectionneurs : les Ebénistes. — les Ciseleurs bronziers. — La Dinanderie. — La Céramique, etc. *Paris, veuve Loones*, 1885; gr. in-8, broché.

376. **Milton.** Le Paradis perdu. Traduction de Chateaubriand, précédé de Réflexions sur la vie et les écrits de Milton, par Lamartine, et enrichi de 25 magnifiques estampes originales, gravées au burin. *Paris, Bigot et Voisvenel*, 1855, gr. in-fol., demi-rel. mar. ch. violet, non rog.

Exemplaire du 1er tirage.

377. **Missale ecclesiac.** Rotomagensis. Authoritate Emmi et Revmi Nicolaï de Saulx-Tavanes, de novo editum *Rotomagi. Jac.-Jos. Le Boullenger*, 1759; in fol., mus. notée, fig. ajoutées, mar. rouge, fil., ornements sur les plats, tr. dor.

Exemplaire bien conservé.

378. **MOLIÈRE. ŒUVRES**, avec des remarques grammaticales, des Avertissements et des observations sur chaque pièce, par M. Bret. *A Paris, par la Compagnie des Libraires associés*, 1773: 6 vol. in-8, figures de Moreau, v. écaille, fil., tr. dor. (*Rel. anc*).

Très-bel exemplaire avec toutes les remarques. — La planche du Sicilien a la signature très nette.

379. — Œuvres complètes. Nouvelle édition, revue sur les textes originaux, par L. Moland. *Paris, Garnier frères*, 1863-1864; 7 vol. gr.-8, portrait et figures, brochés.

L'un des 150 exemplaires tirés sur grand papier de Hollande. N° 148.

380. — Œuvres Nouvelle édition, revue sur les plus anciennes impressions et augmentée des variantes, d'un lexique, etc, par Eugène Despois. *Paris, Hachette*, 1873-1900; 13 volumes gr. in-8, avec appendice et album.

De la Collection des Grands Ecrivains de la France. — L'un des 200 exemplaires tirés sur grand papier vélin. N° 109.

381. **Molière** (J. B. Poquelin de). Théâtre complet, publié par D. Jouaust. Préface par M. D. Nisard. Dessins de Louis Leloir, gravés à l'eau-forte par Flameng. *Paris, Jouaust*, 1876-1883; 8 vol. gr. in-8, brochés.

L'un des 25 exemplaires tirés sur grand papier de Chine, avec les figures avant la lettre. N° 5.

382. **Molière.** Théâtre choisi, avec une notice par M. Poujoulat. 50 eaux-fortes par V. Foulquier. *Tours, Alfred Mame et fils*, 1878-1879; 2 vol. in-4, brochés.

L'un des 275 exemplaires tirés sur papier vergé. N° 88.

383. — Œuvres. Illustrations de Jacques Leman. Notices par A. de Montaiglon. *Paris*, *J. Lemonnyer*, 1882; 12 fascicules in-4, brochés.

L'un des 125 exemplaires sur papier du Japon. N° 104. — Avec double tirage des gravures hors texte.

384. — Les mêmes. Vignettes d'après les dessins de G. Staal. *Paris*, *Garnier frères*, 1862; gr. in-8, demi-rel. v. dor. s. tr.

Quelques piqûres.

385. — Les Fâcheux. Edition originale. Réimpression textuelle par les soins de Louis Lacour. *Paris*, *Jouaust*, 1874. — Le Bourgeois gentilhomme. Edition originale. Réimpression textuelle par les soins de Louis Lacour. *Paris*, *Jouaust*, 1874. — Ensemble 2 vol. pet. in-12, brochés.

L'un des 20 exemplaires tirés sur papier de Chine. N° 4.

386. — Psyché. Tragédie-ballet, ornée de 6 planches hors texte et 6 culs de-lampe gravés à l'eau-forte par Champollion. *Paris*, *Jouaust*, 1880 ; pet in-fol , broché.

L'un des 20 exemplaires tirés sur papier Whatman, avec double épreuve des gravures dont l'une sur Chine avant la lettre. N° 20.

387. — Œuvres. Suite de un portrait d'après Rigaud et 33 figures de Moreau, gravées par Baquoy, Delaunay, Duclos, etc.

Epreuves montées sur papier de Chine.

388. — Suite de un portrait et 30 figures de J.-M. Moreau, gravés par Simonnet, Roger, etc.

Belles épreuves remontées sur Chine.

389. — Suite de 35 eaux-fortes in-8, d'après Boucher, gravées par Boilvin, Courtry, Rajon, etc., pour les œuvres. *Paris*, *Lemerre*, in-8.

Tirage avec lettre de cette suite complète sur papier vergé de Hollande, toutes marges.

390. — La même.

Tirage avec lettre sur papier de Chine, toutes marges

391. — La même.

Tirage sanguine avec lettre sur papier de Chine, toutes marges

392. — La même.

Tirage avant lettre sur papier de Hollande, toutes marges.

393. — La même.

Tirage avant lettre sur papier Wathman, toutes marges.

394. — Suite de cinquante eaux-fortes de Foulquier, pour l'édition A. Mame, en deux volumes.

Tirage à part sur papier de Chine in-4.

395. — Deux suites complètes de vingt portraits de Geffroy et M. Sand, gravés par Wolf, pour l'édition Laplace.

Tirage à part en noir et en couleur.

396. **Monnier** (Henry). Scènes populaires dessinées à la plume. *Paris, Dentu*, 1879 ; 2 vol in-8, fig., brochés.

397. **MONTESQUIEU. LE TEMPLE DE GNIDE**. Nouvelle édition, avec figures gravées par N. Le Mire, d'après les dessins de Ch. Eisen. Le texte gravé par Droüet. *A Paris, chez Le Mire*, 1772 ; gr. in-8, mar. citron, fil., dos orné, dent. int., tr. dor. (*Cuzin*).

Magnifique exemplaire. Aux armes de M. le vicomte de Savigny de Moncorps.

398. — Le Temple de Gnide, suivi d'Arsace et Isménie. Nouvelle édition, avec figures d'Eisen et de Le Barbier, gravées par Le Mire. Préface par O. Uzanne. *Rouen, J. Lemonnyer*, 1881 ; gr. in-8, broché, dans un carton.

L'un des 100 exemplaires tirés sur papier Japon. N° 17. Avec trois suites bistre, sanguine et bleue.

399. — Lettres Persanes. Edition Louis Lacour. *Paris, Académie des Bibliophiles*, 1869 ; in-8 mar. vert jans., dent. int., tr. dor. (*Masson-Debonnelle*).

L'un des 15 exemplaires tirés sur pap. Whatman.

400. — Œuvres. Avec les variantes des premières éditions, par Ed. Laboulaye. *Paris, Garnier frères*, 1875-1879 ; 7 vol. gr. in-8, brochés.

L'un des 150 exemplaires tirés sur grand papier de Hollande. N° 33.

401. **Montpensier** (Mlle de), petite fille de Henri IV. Mémoires collationnés sur le manuscrit autographe, avec notes biographiques et historiques par A. Chéruel. *Paris, Charpentier*, 1858-1859; 4 vol. in-12, demi-rel., maroq. violet, tr. jasp.

402. **Montaigne.** Essais. Nouvelle édition, avec les notes de tous les commentateurs, choisies et complétées par J.-V. Le Clerc. *Paris, Garnier frères*, 1865-1866; 4 vol. gr. in-8, portrait, brochés.

L'un des 150 exemplaires tirés sur grand papier de Hollande. N° 148.

403. **Montrosier** (Eugène). Les Artistes modernes : Les Peintres de genre. — Peintres militaires et Peintres du nu.

— Peintres d'histoires, Paysagistes. — Peintres divers. Ouvrage contenant 160 biographies avec dessins et croquis et 160 planches en photogravure. *Paris*, *Launette*, 1881-1884; 4 vol. in-4, pap. vélin, gravures sur Chine avant la lettre, demi-rel. mar. vert, dos et coins, tête dor., non rog. (*Raparlier*).

404. **Moreau le Jeune.** Monument du Costume physique et moral de la fin du XVIIIe siècle, ou tableaux de la vie; ornés de 26 figures dessinées et gravées par Moreau le jeune et par d'autres célèbres artistes. Texte par Restif de la Bretonne. Histoire des Mœurs et du Costume des Français dans le XVIIIe siècle; ornée de 12 estampes dessinées par Sigismond Freudenberg et gravées par les premiers artistes. *Paris*, *L. Willem*, 1878. — Ensemble 2 vol. gr. in-fol. en feuilles.

L'un des 30 exemplaires tirés sur papier de Hollande, avec les gravures sur Chine en double état, et une suite de 5 planches coloriées. N° 18.

405. — Les vingt-quatre Estampes dessinées par Moreau le jeune en 1776-1783, pour servir à l'histoire des Modes et du Costume dans le XVIIIe siècle, gravées au burin par Dubouchet. — Les douze Estampes dessinées par Freudenberg en 1774, gr. par Dubouchet. *Paris Conquet*, 1881; gr. in-4, avec 2 volumes de texte, gravés, brochés.

Exemplaire de 3e état, épreuves terminées, avec nom à la pointe, sur Japon, en noir.

406. **Moreau** (Adolphe). Decamps et son Œuvre. Avec des gravures en fac-simile des planches originales les plus rares. *Paris*, *Jouaust*, 1869; gr. in-8, mar. rouge, fil , dos orné, dent. int., tr. dor. (*Masson-Debonnelle*).

L'un des 30 exemplaires tirés sur papier Whatman.

407. **Muller** (Eugène). La Mionette. 28 compositions de O. Cortazzo, gravées à l'eau-forte, par Abot et Clapès. *Paris*, *Conquet*, 1885; pet. in-8 broché.

L'un des 75 exemplaires tires sur pap. du Japon.

408. **MUSSET** (Alfred de). **ŒUVRES** complètes, avec lettres inédites, variantes, notes, index, etc. Edition ornée de 28 dessins de Bida et d'un portrait d'après l'original de M. Landelle. *Paris*, *Charpentier*, 1866; 10 vol. gr. in-8, mar. vert, fil., coins dorés, dos ornés, doublés de pap. satiné. tr. dor., chiffre sur les plats.

Ouvrage dédié aux amis du poete, tiré sur pap. de Hollande, auquel on a ajouté la brochure : « Etude critique et bibliographique des Œuvres de Alfred de Musset, » dans la même reliure.

409. — Œuvres. *Paris, Lemerre*, 1876; 10 vol. — Biographie de Alfred de Musset *Paris, Lemerre*, 1877, 1 vol. — Ensemble 11 vol. pet. in-12 brochés.

L'un des 110 exemplaires tirés sur pap. de Chine. — N° 99, avec les 41 eaux fortes de Henri Pille, avant lettre. — Rare.

410. — Œuvres complètes. *Paris, Lemerre*, 1876; 10 vol, — Biographie de Alfred de Musset, par Paul de Musset. *Paris, Lemerre*, 1876, 1 vol. — Ensemble 11 vol. pet. in-12, brochés, papier vergé, avec les 41 eaux-fortes de H. Pille.

411. — Illustrations pour les Œuvres de Alfred de Musset. Aquarelles par Eugène Lami. Eaux-fortes par Adolphe Lalauze. *Paris, Morgand*, 1885; gr. in-4, dans un carton.

L'un des exemplaires tirés sur pap. de Chine.

412. — Suite de 42 eaux-fortes, d'après les dessins de Henri Pille, gravées par Monziès.

Tirage in-4 avant lettre, sur papier du Japon, toutes marges. — Rare.

413. — Œuvres. *Paris, Charpentier*, 1858-1861; 8 vol. in-12, demi-rel. mar. ch. vert. tr. jasp.

Contenant : premières Poésies et Poésies nouvelles, 2 vol. — Comédies et Proverbes, 2 vol. — Contes, 1 vol. — Confession d'un Enfant du siècle, 1 vol. — Nouvelles, 1 vol. — Œuvres posthumes, 1 vol.

414. — La Mouche. Illustrée de 30 compositions par Ad. Lalauze. Préface par Ph. Gille. *Paris, Ferroud*, 1892; gr. in-8 broché.

Exemplaire tiré sur papier vélin d'Arches.

415. **Musset** (Paul de). Œuvres. Originaux du XVIIe siècle. *Paris, Lemerre*, 1880; pet. in-12 broché

416. **Napoléon Ier.** Commentaires. *Paris, Imprimerie Impériale*, 1867; 6 vol. in-4, mar. vert, dos et coins avec le chiffre couronné de l'Empereur, dent. int., tr. dor.

Belle reliure en plein maroquin.

417. **Napoléon III.** Histoire de Jules César. *Paris, Imprimerie Impériale*, 1865; 2 vol. pet. in-fol. brochés.

418. **Nadaud** (Gustave). Chansons : chansons populaires. — Chansons de salon — Chansons légères. Eaux-fortes par Edmond Morin. *Paris, Jouaust*, 1879. 3 vol. in-8 brochés.

L'un des 20 exemplaires tirés sur grand pap. de Chine, avec la suite des planches en double état, avant et avec la lettre. — N° 17.

419. **Nogaret.** Fond du Sac (le), ou Recueil de contes en vers et en prose, et de pièces fugitives. *Paris, Leclère*, 1866; in-8,

pap. de Holande, fig., mar., citron, fil., dos mosaïqué, dent. int., tr. dor. (*Masson-Debonnelle*)

Très-bel exemplaire imprimé par L. Perrin, de Lyon, avec de charmantes figures à mi-pages.

420. **Notre-Dame-de-Bonsecours.** 25 dessins par Fraipont. Introduction par le R. P. Monsabré. Notice historique par l'abbé Julien Loth Description de l'église par l'abbé Sauvage. *Rouen, Augé*, 1891 ; in-4 broché.

421. **Nuova raccolta** delle principe veduste di Roma antica e moderna con le ruine della guerra, disegnato dal vers l'anno 1849. *Roma, P. Datri*, 1849; in-4 obl. de 50 pl., broché.

Taches de rousseur.

422. **OVIDE. LES MÉTAMORPHOSES,** en latin et en françois, de la traduction de M. l'abbé Banier. *Paris, Panckouckē*, 1767-1771 ; 4 vol. in-4, avec 140 fig. dess. par Boucher, Eisen, Gravelot, Monnet, Moreau, etc., mar. rouge. fil., dos ornés, dent. int., tr. dor. (*Hardy-Mennil*).

Très-bel exemplaire avec une jolie reliure de la plus grande fraîcheur.

423. — Les mêmes. Recueil des 140 estampes gravées sur les dessins des meilleurs peintres français, gr. par Duclos, Lemire, Masquelier et Saint-Aubin. *Paris, Basan et Lemire*, 1767 ; in-4, v. marb., fil., tr. dor. (*Rel. anc.*)

424. **Office de l'Eglise** pour étrennes spirituelles. Dédié à Mgr le Dauphin. Orné de figures à l'usage de Rome et de Rouen. *A Rouen, chez François Oursel*, 1748 ; in-16, fig. de Cochin fils, front. contenant une petite vue de Rouen, mar. rouge, large dent., doublé de tabis, dos orné, tr. dor.

Aux armes du Dauphin, père de Louis XVI.

425. **Ortolan.** Explication historique des instituts de l'empereur Justinien. *Paris, Videcoq fils*, s. d. ; 2 vol. in-8, demi-rel. ch. violet, tr. jasp.

426. **Ostalis** (D'). Voyages et réflexions du chevalier d'Ostalis, ou ses lettres au marquis de Simiane. *Paris, Prévost et Royer*, 1787 ; 2 vol. pet. in-12, mar. rouge, dent., tr. dor. (*Rel. anc.*)

427. **Palustre** (Léon). La Renaissance en France. Dessins et gravures sous la direction de Eugène Sadoux. Livraisons I à XV. *Paris, Quantin*, 1879-1889 ; 15 fascicules in-fol., en feuilles.

L'un des 20 exemplaires tirés sur papier de Chine. N° 19.

428. **Panhard** (F.). Joseph de Longueil, sa vie, son œuvre. Illustré d'un portrait par P. Adolphe Varin et d'une suite de reproductions de gravures. *Paris. Morgan et Fatout*, 1880; in-4, broché.

L'un des 30 exemplaires tirés sur papier Whatman. N° 16.

429. **Parnasse satyrique** (Le) du XIXe siècle. Recueil de vers piquants et gaillards de MM. de Béranger, V. Hugo, A. de Musset, Baudelaire, etc. *Rome* (*Bruxelles*) *à l'enseigne des sept péchés capitaux*. s. d., 2 vol. in-12. frontispice de Rops en deux états, avant la lettre, mar. rouge, fil., dos ornés, dent. int., tr. dor. (*Masson-Debonnelle.*)

430. **Pascal** (Blaise). Lettres provinciales. Texte primitif, d'après un exemplaire in-4 (1656-1657) où se trouvent des corrections en écriture du temps. *Paris, Hachette*. 1867; in-4, demi-rel. mar. La Vallière, dos orné et coins, tête dor., non rog. (*Masson-Debonnelle.*)

431. **Pascal.** Pensées. publiées d'après le texte authentique, avec des notes et une notice biographique par Victor Rocher. *Tours, Mame et fils*, 1873; in-4, portrait, broché.

L'un des 275 exemplaires tirés sur papier vergé. N° 100.

432. **Pascal** (Blaise). Œuvres. Nouvelle édition, d'après les manuscrits autographes et les éditions originales, par Prosper Fougère. Tomes I et II. *Paris. Hachette*, 1886-1895; 2 vol. gr. in-8, brochés.

De la collection des Grands Ecrivains de la France. — L'un des 200 exemplaires tirés sur grand papier vélin. N° 107.

433. **Passavant** (J.-D.). Le Peintre-Graveur. *Leipzig, Rudolph Weigel*, 1860; 6 tomes en 3 vol. gr. in-8, portrait, demi-rel. cuir de Russie. dos et coins, tête dor., non rog.

434. **Patas.** Le Sacre et le Couronnement de Louis XVI, roi de France et de Navarre, dans l'église de Reims, le 11 juin 1775. Précédé de recherches sur le sacre des rois de France, depuis Clovis jusqu'à Louis XVI. Enrichi d'un très-grand nombre de figures en taille-douce. *Paris, Vente*, 1775; in-4, v. marb

Manque le plan de la ville de Reims.

435. **Pellico** (Silvio). Mes Prisons. Traduction nouvelle par Francisque Reynard. Dessins de Bramtot, gravés par Toussaint. *Paris, Jouaust*, 1887; in-8, broché.

L'un des 20 exemplaires tirés sur grand papier de Chine, avec les figures en double état, avant et avec la lettre.

436. **Perrault.** Les Contes. Dessins par Gustave Doré. Préface par P.-J. Stahl (Hetzel). *Paris, Hetzel*, 1862; in-fol., planches tirées sur papier de Chine, cart percal., non rog.

437. — Les Contes des Fées, en prose et en vers. Nouvelle édition revue et corrigée sur les éditions originales et précédée d'une lettre critique par Ch. Giraud. *Paris, Leclère (de l'Imprimerie Impériale)*, 1864; in-8, mar. rouge, fil., compart., dos orné, tr. dor.

Magnifique exemplaire tiré sur papier de Hollande, contenant le portrait de Perrault et les figures en quatre états et le tirage à part des en-têtes en camaïeu.

438. — Les Contes. Précédés d'une préface par P.-L. Jacob, et suivis de la dissertation sur les contes de fées par le baron Walckenaer. 12 eaux-fortes par Lalauze. *Paris, Jouaust*, 1876; 2 vol. in-8, brochés.

L'un des 15 exemplaires tirés sur grand papier de Chine, avec les gravures en double état, avant et avec la lettre. N° 12.

439. — Suite de 13 eaux-fortes pour illustrer les contes de fées, dessinées par H. Pille et gravées par Monziès.

Tirage avant lettre sur papier de Chine.

440. **PERRET** (Paul). **LES DEMOISELLES DE LIRÉ.** Illustré en collaboration par Charles Delort et Maurice Leloir. *Paris, Boussod, Valadon et Cie*, s. d., in-fol., broché.

L'un des 50 exemplaires tirés sur papier de Chine, contenant une aquarelle originale signée de Leloir, d'un frontispice spécial tiré en couleurs, fac-simile d'aquarelle et d'une suite des planches tirées en bistre avant la lettre. — Magnifiques illustrations.

441. **PETITOT. LES ÉMAUX DE PETITOT,** du Musée impérial du Louvre. Portraits de personnages historiques et de femmes célèbres du siècle de Louis XIV, gravés au burin par L. Céroni. *Paris, Blaisot*, 1862; un tome en 2 vol. gr. in-4, mar. bleu, compart. de fil, milieux dorés à petits fers, dos ornés, tr. dor. (*David*).

Très-belle reliure de luxe. Exemplaire contenant les 50 portraits tirés sur papier de Chine.

442. **Petitot.** Les Emaux de Petitot, suite complète de 50 portraits montés sur papier de Chine.

Très-belles épreuves.

443. **Petits Poètes du XVIIIe siècle,** publiés par H. Bonhomme et Eugène Asse : J. Vadé, Alexis Piron, Ant. Bertin, Desforges, Maillard. *Paris, Quantin*, 1879-1880; 4 vol. in-8, pap. de Hollande, portraits et vignettes, brochés.

Tirés à petit nombre.

444. **Petits Conteurs du XVIIIe siècle.** *Paris, Quantin,* 1878-1882 ; 12 vol. in-8, brochés.

L'un des 10 exemplaires tirés sur papier de Chine, avec la suite des figures en double état, sur Japon, en noir et à la sanguine N° 5.

Contenant : Voisenon, Boufflers, Caylus, Crébillon fils, Moncrif, La Morlière, Pinot Duclos, Cazotte. Restif de la Bretonne, de Besenval, Fromaget, Godar d'Aucour.

445. **Petit Almanach fleuri** 1899. *Paris, Melet,* 1899 ; in-32, figures en couleur, cart. vélin.

L'un des 50 exemplaires tirés sur papier du Japon. N° 48.

446. **Physiologies** : De l'Etudiant, par L. Huart, vignettes d'Alophe et Maurisset. — Du Provincial, par P. Durand, vignettes de Gavarni. — Du Bourgeois, texte et dessins, par H. Monnier. *Paris, Aubert,* 1841 ; A. Karr, Midi à Quatorze heures. — 4 volumes in-32, demi-rel. mar. La Vallière et violet, dos et coins, tête dor., non rog.

447. **Pléiade française,** avec notices biographiques et notes, par Ch. Marty-Laveaux. *Paris, Lemerre,* 1866-1898 ; 20 vol. in-8, pap. de Hollande, brochés.

Contenant : La Langue de la Pléiade, 2 vol. — Jean Dorat et Pontus de Tyard, 1 vol. — Jean Antoine de Baif, 5 vol. et une plaquette. — Remy Belleau, 2 vol. — Ronsard, 6 tomes en 7 volumes. — Jodelle, 2 vol. et une notice biographique. — J. du Bellay, 2 vol.

Les deux derniers auteurs se trouvent reliés en mar. rouge et bleu, fil., dos ornés, dent. int., tr. dor. *(Masson-Debonnelle).*

448. **Plon** (Eugène). Thorvaldsen. Sa vie et son œuvre. Ouvrage enrichi de 2 gravures au burin, et de 35 compositions du maître gravées sur bois. *Paris, Plon,* 1867 ; in-4, mar. rouge, fil., dos orné, dent. int., tr. dor. *(Masson-Debonnelle.)*

Joli reliure.

449. **PLUTARQUE. LES VIES DES HOMMES ILLUSTRES,** traduites du grec par D Ricard. Ornées de statuts, bas-reliefs, cartes et portraits, d'après l'antique. *Paris, Dubois,* 1838 : 16 tonnes en 28 vol. in-4, pap. vélin, demi-rel. mar. brun, dos et coins, tête dor., non rog. (*David.*)

Magnifique exemplaire contenant les planches en triple état, **contre épreuve, épreuve avant la lettre** et **eau-forte.**

450. **Poètes français** (Les). Recueil des chefs-d'œuvre de la Poésie française, depuis les origines jusqu'à nos jours. Avec une notice littéraire sur chaque poète, par Ch. Asselineau, Baudelaire, Th. Gautier, A. de Montaiglon, etc., précédé

d'une introduction, par Sainte-Beuve. *Paris, Gide*, 1861-1862; 4 vol. gr. in-8, mar. violet, fil. dos ornés, dent. int., tr. dor.

L'un des rares exemplaires tirés sur grand papier vélin.

451. **Poliorcétique des Grecs** Traités théoriques. — Récits historiques. Textes restitués d'après les manuscrits de Paris, du Vatican, etc., par C. Vescher. *Paris, imprimerie impériale*, 1867; in-4, fig., mar. La Vallière jans., dent int., tr. dor.

452. **Portalis** (Baron Roger). Les Dessinateurs d'illustrations au XVIIIe siècle *Paris, D. Morgand et Ch. Fatout*, 1877; 2 vol. gr. in-8, brochés.

L'un des 50 exemplaires tirés sur papier Whatman, avec le frontispice de Jacquemart, d'après Meissonier, en double état, avant et avec la lettre.

453. **Portalis** (Baron Roger) et **H. Béraldi**. Les Graveurs du XVIIIe siècle. *Paris, D. Morgand et Ch. Fatout*, 1880-1882; 3 tomes en 6 parties gr. in-8 brochés.

L'un des 50 exemplaires tirés sur papier Whatman. N° 37.

454. **Portalis** (Baron Roger). Honoré Fragonard. Sa vie et son œuvre. 210 planches et vignettes d'après les peintures, estampes et dessins originaux. Eaux-fortes par Lalauze, Champollion, Courtry, de Mare, Wallet, Greux, etc. *Paris, Rothschild*, 1889; 2 vol. in-4, demi-rel. mar. ch. rouge, dos et coins, tète dor., non rognés (couvert conserv.).

L'un des 100 exemplaires tirés sur papier vélin du Marais, contenant 2 états des eaux-fortes, dont 1 avant la lettre. N° 61.

455. **Portraits** de Voltaire, Lafontaine, Molière, etc., par Latour, Rigaud, Coypel.

Suite de 31 planches in-4.

456. **POTTIER** (André). **HISTOIRE DE LA FAIENCE DE ROUEN**, publiée par les soins de MM. l'abbé Colas, Gustave Gouellain et Raymond Bordeaux. *Rouen, Lebrument*, 1869: in-4 en feuilles, avec planches en couleur.

L'un des 3 exemplaires tirés sur **peau de vélin.**

457. — Le même ouvrage, publié par les soins de MM. l'abbé Colas, G. Gouellain et Raymond Bordeaux. *Rouen Lebrument*, 1870; 2 vol. in-4, dont un de planches, brochés.

458. **Pouchet** (F.-A.). L'Univers. Les infiniments grands et les Infiniments petits. 2e édition illustrée de 343 vignettes sur bois et de 4 planches en couleur. *Paris, Hachette*, 1868; in-4, demi-rel. mar. La Vallière, tête dor., non rogné. (David).

459. **Prévost** (l'Abbé). Manon Lescaut. *Paris*, *Jouaust*, 1867; in-8, broché.

L'un des 20 exemplaires tirés sur papier Whatman. N° 15. On y a ajouté la suite des figures d'Hédouin, épreuves sur papier Whatman.

460. — Histoire du chevalier Des Grieux et de Manon Lescaut. *Paris*, *Lemerre*, 1870; pet in-12, portrait, v. rose, dent. int., tr. dor. (*Masson-Debonnelle*).

L'un des 116 exemplaires tirés sur pap, Whatman. n° 7.

461. **Prévost** (l'Abbé). Histoire de Manon Lescaut et du chevalier des Grieux; précédée d'une étude par Arsène Houssaye. 6 eaux-fortes par Hédouin. *Paris*, *Jouaust*, 1874; 2 vol. in-8, brochés.

L'un des 15 exemplaires tirés sur grand papier de Chine avec les planches en donble état, avant et avec la lettre. N° 5.

462. — Manon Lescaut, suite de 11 eaux-fortes d'après Léopold Flameng. Edition Glady frères.

Tirage avant lettre sur papier de Hollande, in-4, toutes marges.

463. — Manon Lescaut, suite de 9 eaux-fortes d'après Pasquier, gravées par L. Monziès.

Tirage avant lettre sur papier de Chine in-4, toutes marges.

464. **Prévost** et **G. Jolivet.** L'Escrime et le Duel. *Paris*, *Hachette*, 1891; in-8, ill. cartonné.

465. **Procès criminel de Jehan de Poytiers,** Seigneur de Saint-Vallier, publié d'après les manuscrits originaux de la Bibliothèque Impériale, avec une introduction et des notes par Georges Guiffrey. *Paris*, *Lemerre*, 1867; gr. in-8, pap. vergé teinté, pl. mar. bleu, fil., dos fleurdelisé. dent. int., tr. dor. (*Masson-Debonnelle*).

Très-bel exemplaire richement relié.

466. **Projets de Gouvernement** du duc de Bourgogne, Dauphin. Mémoire attribué au duc de Saint-Simon, publié pour la première fois par P. Mesnard. *Paris*, *Hachette*, 1860; in-8, demi-rel. mar. vert, tr. jasp.

467. **Puiseux** (L.). Siége et Prise de Rouen par les Anglais (1418-1419), principalement d'après un poème anglais contemporain. *Caen*, *Le Gost-Clérisse*, 1867; in-8, pap. de Hollande, demi-rel. mar. rouge, dos et coins, tête dor., non rog. (*Masson-Debonnelle*.)

468. **Quinze joyes de Mariage** (Les). avec des notes et un glossaire par D. Jouaust et une préface de Louis Ulbach.

Eaux-fortes par Ad. Lalauze. *Paris, Jouaust*, 1887; in-8, broché.

L'un des 15 exemplaires tirés sur grand papier de Chine, avec les figures avant la lettre. N° 5.

469. **Rabelais.** Les Quatre Livres de Maistre François Rabelais, suivis du cinquième livre; publiés par les soins de MM. A. de Montaiglon et Louis Lacour. *Paris, Jouaust*, 1868-1872; 3 vol. in-8, brochés.

L'un des 30 exemplaires tirés sur grand papier Whatman. N° 34. On a ajouté à l'exemplaire les eaux-fortes de Bracquemont pour l'édition de Lemerre, sur papier Whatman.

470. — (Maistre François). Les Œuvres. Accompagnées d'un commentaire par Ch. Marty-Laveaux. Tomes I à IV. *Paris, Lemerre*, 1869-1881; 4 tomes en 5 vol. avec la suite des 16 eaux-fortes de Bracquemond, in-8, brochés.

L'un des 125 exemplaires tirés sur pap. de Hollande. N° 32.

471. **Rabelais.** Œuvres. Texte collationné sur les éditions originales; avec une vie de l'auteur, des notes et un glossaire. Illustrations de Gustave Doré. *Paris, Garnier frères*, 1873; 2 vol. in-fol., cart. percal., plats ornés, non rog.

L'un des 200 exemplaires tirés sur papier de Hollande. N° 96.

472. **Rabelais** (F.). Les cinq Livres; publiés avec des variantes et un glossaire par P. Chéron, et ornés des onze eaux-fortes par E. Boilvin. *Paris, Jouaust*, 1876-1877; 5 vol. in-8, brochés.

L'un des 15 exemplaires tirés sur grand pap. de Chine, avec la suite des planches en double état, avant et avec la lettre. N° 4. — On y a ajouté la suite des 15 eaux-fortes de Bracquemond, épreuves sur pap. de Chine.

473. **Racine.** Œuvres. Nouvelle édition, revue et augmentée par Paul Mesnard. *Paris, Hachette*, 1865-1873; 8 vol. gr. in-8, avec album et musique, brochés.

De la collection des Grands Écrivains de la France. — L'un des 150 exemplaires tirés sur grand papier vélin. N° 90.

474. **Racine.** Œuvres complètes. Avec une vie de l'auteur et un examen de chacun de ses ouvrages, par Louis Moland. *Paris, Garnier frères*, 1869-1877; 8 vol. gr. in-8, portrait et figures, brochés.

L'un des 150 exemplaires tirés sur grand papier de Hollande. N° 30.

475. **Racine** (Jean). Théâtre. Orné de vignettes gravées à l'eau-forte, sur les dessins d'Ernest Hillemacher, par Frédéric Hillemacher. *Paris, Jouaust*, 1873; 4 vol. in-8 brochés.

L'un des 20 exemplaires tirés sur pap. de Chine. N° 13.

476. **Racine.** Théâtre. Portrait et 46 compositions de Barrias et Foulquier. *Tours, Alfred Mame et fils*, 1876-1877 ; 2 vol. in-4 brochés.

L'un des 275 exemplaires tirés sur papier vergé. N° 136.

477. — Théâtre. Deux suites complètes de 20 portraits de Geffroy, gravés par Wolf.

Tirage à part, en noir et en couleur.

478. **RECUEIL DES MEILLEURS CONTES EN VERS.** Contes et nouvelles en vers par M. de la Fontaine. Contes et nouvelles en vers par Voltaire, Senecé, Moncrif, Du Cerceau, Dorat, etc. *Londres (Paris, Cazin)*, 1778 ; 4 vol. in-18, fig. attribuées à Duplessis-Bertaux, mar. violet, fil., dent. à froid, dos ornés, tr. dor. (*Thouvenin*).

L'un des 60 *premiers exemplaires tirés*, où l'on trouve, au tome 2e, *la Courtisane amoureuse*, à la page 119 et celle de *Nicaise* à la page 105. Charmante édition ornée de un portrait de Lafontaine et de 116 vignettes ravissantes. — Rare.

479. **Recueil des meilleurs Contes en vers.** Contes et nouvelles en vers par M. de La Fontaine. — Contes et nouvelles en vers par Voltaire, Senecé, Moncrif, Du Cerceau, Dorat, etc. *Paris, Leclère fils*, 1861-1862 ; 4 vol. in-12, fig. mar. vert, fil., dos ornés, dent. int., tr. dor. (*Masson-Debonnelle*).

Tiré à 100 exemplaires. — Les contes de La Fontaine sont tirés sur pap. Whatman, et les contes en vers de Voltaire sur pap. de Hollande. Magnifique exemplaire. — Rare.

480. **Recueil général et complet des Fabliaux** des XIIIe et XIVe siècles, imprimés ou inédits. Publiés d'après les Manuscrits par Anatole de Montaiglon *Paris, Jouaust*, 1872 ; 4 vol. in-8 brochés.

L'un des 25 exemplaires tirés sur pap. Whatman. N° 37.

481. **Recueil de Pièces rares et facétieuses,** anciennes et modernes, en vers et en prose, remises en lumière pour l'esbattement des Pantagruélistes, avec le concours d'un bibliophile, *Paris, Barraud*, 1872-1873 ; 4 vol. pet. in-8, pap. de Hollande. — Procez et amples examinations sur la vie de Caresme prenant. — Traicté de Mariage entre Julian Peager, dict Janicot et Jacqueline Papinet, et autres pièces facétieuses. *Paris*, 1605 (1873) ; pet. in-8, pap. de Hollande. — Ensemble 5 vol. pet. in-8, brochés.

482. **Règles de S. Augustin,** avec les Constitutions pour les sœurs religieuses de l'ordre des Frères Prescheurs. — Ensemble trois documens donnez par nostre Seigneur à saincte

Catherine de Sienne. *A Paris, chez Seb. Huré*, 1634; in-16, réglé, mar. citron, plats dorés à petits fers, dos orné, tr. dor. *(Rel. anc.)*.

Jolie reliure à plats composés et de toute fraîcheur.

483. **Regnier**. Œuvres. Edition Louis Lacour. *Paris, Librairie des Bibliophiles*, 1867; in-8, mar. La Vallière, jans, dent. int., tr. dor. (*Masson-Debonnelle.*)

Bel exemplaire.

484. **Regnier** (Mathurin). Œuvres complètes, accompagnées d'une notice biographique et bibliographique, d'un glossaire et d'un index, par E. Courbet. *Paris, Lemerre*, 1875; gr. in-8, broché.

L'un des 30 exemplaires tirés sur papier de Chine. N° 5.

485. **Religieuse** (La), par l'abbé ***, auteur du Maudit. *Paris, Librairie Internationale*, 1864; 2 vol in-8, demi-rel. mar. La Vallière, dos ornés et coins, tr. dor. (*Masson-Debonnelle*).

486. **Renan** (Ernest). Essai de Morale et de Critique. *Paris, Michel Lévy*, 1860. — De l'Origine du langage. *Paris, Michel Lévy*, 1863. — Ensemble, 2 vol. in-8, brochés.

487. — Le Cantique des Cantiques, traduit de l'hébreu. *Paris, Michel Lévy*, 1861. — Le Livre de Job, traduit de l'hébreu. *Paris, Michel Lévy*, 1864. — Ensemble 2 vol. in-8, brochés.

488. — La Chaire d'Hébreu au Collége de France. *Paris, Levy*, 1862. — De la part des Peuples sémitiques, dans l'Histoire de la Civilisation *Paris, Michel Lévy*, 1875. — Spinoza. Conférence. *Paris, Calmann-Lévy*, 1877. — Caliban. Drame philosophique. — *Paris, Calmann-Lévy*. 1878. — L'Abbesse de Jouarre. Drame. *Paris, Calmann-Lévy*, 1886. — Ensemble 5 parties. in-8, brochées.

489. — Questions contemporaines. *Paris, Michel Lévy*, 1862. — La Réforme intellectuelle et morale. *Paris, Michel Lévy*, 1872. — Ensemble 2 vol. in-8, brochés.

490. — Etudes d'Histoire religieuse. *Paris, Michel Lévy*, 1863. — Averroès et l'Averoïsme. Essai historique. *Paris, Michel Lévy*, 1867. — Ensemble 2 vol. in-8, brochés.

491. — Histoire générale et système comparé des langues sémitiques. 1re partie (seule publiée). Histoire générale des langues sémitiques. *Paris, Michel Lévy*, 1863; gr. in-8, broché.

492. — Histoire des origines du christianisme. *Paris, Michel Lévy*, 1863-1879; 6 vol. in-8, brochés.

Tous les volumes, sauf le tome V, sont de l'édition originale.

493. — Histoire littéraire de la France au XIVe siècle. *Paris, Michel Lévy*, 1865; 2 vol. gr. in-8, brochés.

494. — Dialogues et fragments philosophiques. *Paris, Calmann-Lévy*, 1876. — Le Prêtre de Némi, drame philosophique. *Paris, Calmann-Lévy*, 1886. — Ensemble 2 vol. in-8, brochés.

495. — Mélanges d'histoire et de voyages. *Paris, Calmann-Lévy*, 1878. — Souvenirs d'enfance et de jeunesse. *Paris, Calmann-Lévy*, 1883. — Ensemble 2 vol. in-8, brochés.

Editions originales.

496. **Renouvier** (Jules). Histoire de l'Art pendant la Révolution, considérée principalement dans les estampes. Ouvrage posthume, avec une notice biographique et une table par A. de Montaiglon. *Paris, veuve Renouard*, 1863; 2 vol. in-8, demi-rel. mar. vert, dos ornés et coins, tête dor., non rog.

497. **Restauration de la Flèche** de Caudebec, 1883-1886. *Rouen, imprimerie de Espérance Cagniard*, 1888, gr. in 8, avec une pl., broché.

498. **Restif de la Bretonne.** Les Contemporaines, ou Avantures des plus jolies femmes de l'âge présent. *Imprimé à Leipsick*, par Büschel, et se trouve à *Paris, chez la veuve Duchesne*, 1781-1785; 42 tonnes en 21 vol. in-12, fig. de Binet, v. marb.

499. **Retz** (Cardinal de). Œuvres. Nouvelle édition, augmentée de morceaux inédits des variantes, etc., par Alphonse Feillet. *Paris, Hachette*, 1872-1896; 10 vol. gr. in-8, brochés.

De la Collection des Grands Ecrivains de la France. — L'un des 150 exemplaires tirés sur grand papier vélin. N° 47.

500. **Revue des Deux Mondes.** De 1874 à mars 1901. Tables de 1874 à 1881, 26 années.

Livraisons en parfait état.

501. **Revue illustrée** de l'exposition de Rouen, 1896. *Rouen, J. Lecerf*, 1897; in-4 en livraisons.

502. **Rœssler** (Charles). Le Havre d'autrefois. Reproductions d'anciens tableaux, dessins, gravures et antiquités se rattachant à l'histoire de cette ville. *Le Havre, Société de l'Imprimerie du Commerce*, 1882; in-fol., en 12 livraisons en feuilles.

L'un des 15 exemplaires tirés sur papier du Japon, avec les planches avant la lettre. N° 11.

503. **Romancéro françois** (le). Histoire de quelques anciens trouvères et choix de leurs chansons, le tout nouvellement recueilli par Paulin-Paris. *Paris*, *Techener*, 1833; in-8, pap. de Hollande, demi-rel. mar. violet, tr. jasp.

504. **Ronsard** (P. de). Œuvres choisies. Avec notices, notes et commentaires par Sainte-Beuve Nouvelle édition, revue et augmentée par L. Moland. *Paris*, *Garnier frères*, 1879; gr. in-8, portrait, broché.

L'un des 150 exemplaires tirés sur grand papier de Hollande. N° 5.

505. **Rouen illustré,** par P. Allard, l'abbé A. Loth, R. d'Estaintot, etc. Introduction par Ch. Deslys. 24 eaux-fortes par Jules Adeline, Brunet-Debaisne, H. Toussaint. *Rouen*, *Augé*, 1880; in-fol., en 12 fascicules.

Exemplaire tiré sur grand papier de Hollande, avec triple série d'épreuves, dont deux avant la lettre, sur papier de Chine. N° 4.

506. — Par P. Allard, l'abbé Loth, vicomte d'Estaintot, P. Baudry, J. Adeline, etc. Introduction par Ch. Deslys. 24 eaux-fortes par J. Adeline, Brunet-Debaisnes, Max. Lalanne et H. Toussaint. *Rouen*, *Augé*. 1884; 2 tomes en fascicules in-fol., en feuilles.

L'un des 180 exemplaires tirés format in-fol., avec encadrement rouge à chaque page, contenant une triple suite des planches.

507. **J.-J. ROUSSEAU (SUITE DE PORTRAITS ET D'ESTAMPES** pour orner les œuvres de) en un album grand in-4, demi-rel. mar. rouge, dos orné (reliure ancienne).

Contenant de l'édition de Londres 1774-1783 :

Le portrait par *Saint-Aubin,* d'après La Tour, avec sa **très-rare épreuve à l'état d'eau-forte ;**

37 Figures de Moreau et Lebarbier avant les numéros, sauf pour les 6 dernieres :

30 FIGURES A L'ÉTAT D'EAU-FORTE DONT 28 DE MOREAU ;

11 Culs-de-lampe dont un en double, **tirage hors texte,** par Choffard, Lebarbier et Moreau.

Et 9 de Moreau **à l'état d'eau-forte ;**

3 Figures (en double) de la Nouvelle Héloïse avant les numéros ;

1 Figure (en double). Discours sur l'égalité, avant lettre.

1 Figure de la rarissime **eau-forte** gravée en premier par Martini, pour le *Devin de Village*, avec envoi motive au graveur de Launay :

« Je suis très-fâché de ne pouvoir envoyer à M. de Launay l'eau-forte de ma planche, parce que je n'en ai point, comme je l'ai gravée deux fois, voici l'eau-forte que j'ai fait en premier. J'ai l'honneur de vous souhaiter le bonjour. »

Superbe épreuve d'un état non décrit.

Portraits de J.-J. Rousseau :

Par Ingouf le jeune, d'après le buste ;

Par et d'après Leroux, avant lettre, 1819 ;

Par Miger **à l'état d'eau-forte ;**

Par Taraval, gravé par Watelet, **à l'état d'eau-forte** *sur Chine volant* et avant toute lettre;

Le même portrait, lettres grises et tablette blanche;

Par Vecharigi, gravé par Gaucher, 1763;

Par Lemire, gravé et réduit par Delvaux.

Le portrait de Cochin dessiné par lui-même en 1771, avant toute lettre.

Tombeau de J.-J. Rousseau, avant lettre, gravé par Ponce, d'après Monsiau.

Tombeau de J.-J. Rousseau, épreuve à l'état d'eau-forte.

4 Gravures dont 2 avant lettre, d'après Cochin, gravées par Dupréel et Ponce pour les Discours sur l'économie politique et l'Egalité des conditions.

6 Gravures suite d'après **Cochin** *pour* **l'Emile,** 1780, gravées par de Launay, Choffard, Helman, Prevost.

La même suite **à l'état d'eau-forte.**

6 Gravures avant lettre, réduction de la précédente suite.

9 Gravures de l'édition Poinçot et de Maisonneuve, etc., dont 5 avant lettre. Prospectus de l'édition et arrêts du Parlement condamnant l'Emile, le 9 juin 1762.

Superbe suite de 135 pièces avec grandes marges, de la plus grande rareté, provenant de la bibliothèque **RENOUARD** (n° 2426) et portant son ex-libris.

508. **Rousseau** (J.-J.). La nouvelle Héloïse, ou lettre de deux amans, habitans d'une petite ville au pied des Alpes. *Londres* (*Paris, Cazin*), 1781; 7 vol. — Les Confessions. *Londres* (*Paris, Cazin*), 1786; 3 vol. -- Ensemble 10 vol. in-18, fig. de Moreau, v. marb., fil., tr. dor.

509. **Rousseau** (J.-B.). Œuvres. Avec une introduction sur sa vie et ses ouvrages, et un nouveau commentaire par Antoine de Latour. *Paris, Garnier frères*, 1869; gr. in-8 broché.

L'un des 150 exemplaires tirés sur grand papier de Hollande. N° 148.

510. **Rousseau** (J.-J.). Les Confessions. Avec une préface par Marc-Monnier. 13 eaux-fortes par Ed. Hédouin. *Paris, Jouaust*, 1881; 4 vol. in-8, brochés.

L'un des 20 exemplaires tirés sur grand pap. de Chine, avec la suite des planches en double état, avant et avec la lettre. N° 11.

511. **Rousseau** (J.-J.). La Nouvelle Héloïse. Avec une préface par J. Grand-Carteret. Dessins d'Edmond Hédouin, gravés par lui-même et par Toussaint. Eaux-fortes de Lalauze imprimées dans le texte. *Paris, Jouaust*, 1889; 6 vol. in-8, brochés.

L'un des 20 exemplaires tirés sur grand pap. de Chine, avec la suite des planches en double état, avant et avec la lettre. N° 11.

512. **Rouveyre** (Edouard). Connaissances nécessaires à un bibliophile. *Paris, Rouveyre*, 1879-1880; 2 vol. — *Oppeinhem*.

Connaissances nécessaires à un amateur d'objets d'art et de curiosité. *Paris, Rouveyre*, 1879. — Guichard. De l'Ameublement de nos appartements. *Paris, Rouveyre*, 1880. — Jacob (P.-L.). Les amateurs de vieux livres. *Paris, Rouveyre*, 1880. Ensemble 5 vol. en plaquettes in-8, brochés.

513. **Saint-Pierre** (Bernardin de). Paul et Virginie. Précédé d'une préface par J. Janin. *Paris, Jouaust*, 1869; in-8, mar. bleu, dos orné, orn. sur les plats, fil., dent. int., tr. dor. (*Masson-Debonnelle*).

On a joint à cet ouvrage la double suite avant et avec la lettre des eaux-fortes gravées par Foulquier. — L'un des exemplaires tirés sur papier Whatman. N° 35.

514. — Paul et Virginie. Précédé d'une étude sur les origines de Paul et Virginie, par S. Cambray. Eaux-fortes de Laguillermie, *Paris, Jouaust*, 1878; in-8, broché.

L'un des 20 exemplaires tirés sur grand pap. de Chine, avec la suite des planches en double état, avant et avec la lettre. N° 6. — On y a ajouté la suite du portrait et des 6 figures de Hédouin, épreuves sur pap. de Chine avant la lettre

515. — Paul et Virginie, suite de 7 eaux-fortes dessinées et gravées par Edmond Hédouin.

Tirage in-4 avant lettre sur papier Wathman.

516. **SAINT-SIMON. MÉMOIRES** complets et authenthiques, collationnés sur le manuscrit original par M. Chéruel et précédés d'une notice par M. Sainte-Beuve. *Paris, Hachette*. 1856-1858; 20 vol. in-8, portrait et facsimilé, mar. bleu, fil., dos ornés, dent. int., tr. dor. (*Lortic*).

L'un des 100 exemplaires tirés sur grand pap. vélin, auquel on a ajouté 210 gravures et portraits. — Riche reliure. — Très-rare.

517. **Saint-Simon** (duc de). Mémoires complets et authentiques sur le siècle de Louis XIV et la Régence, collationnés sur le manuscrit original par M. Chéruel, et précédés d'une notice par M. Sainte-Beuve. *Paris, Hachette*, 1856-1858; 20 vol. in-8, portrait et fac-similés, demi-rel. v. fauve, tr. jasp.

518. **Saint-Simon.** Mémoires. Nouvelle édition, collationnée sur le manuscrit original et augmentée par A. de Boislisle. Tomes I à XV. *Paris, Hachette*, 1879-1901, 15 vol. gr. in-8, brochés.

De la collection des Grands Ecrivains de la France. — L'un des 200 exemplaires tirés sur grand papier vélin. N° 53.

519. — Ecrits inédits, publiés sur les manuscrits conservés au Dépôt des Affaires Etrangères par P. Faugère. *Paris, Hachette*, 1880-1893 ; 8 vol. gr. in-8, brochés.

De la collection des Grands Ecrivains de la France, tirés sur grand papier vélin.

520. **Salon** de 1890. 100 planches en photogravure et à l'eau-forte par Goupil et Cᵒ. Notices par Armand Dayot. *Paris, Boussod, Valadon et Cᵉ*, 1890; petit in-fol. en fascicules.

L'un des 12 exemplaires tirés sur papier du Japon, avec suite supplémentaire de 24 épreuves tirés sur papier du Japon, avant la lettre. Nᵒ 5.

521. **Salons** de 1890 à 1900, reproduits en photogravure et à l'eau-forte, fac-similés en couleurs, par Goupil et Cᵉ. Notices par Dayot, Frantz, Bénédite, Proust, etc. *Paris, Boussod, Valadon et Cᵉ*, 1890 à 1900 ; 11 vol. pet. in-fol., brochés.

L'un des 315 exemplaires, avec texte et gravures sur papier de Hollande. — L'année 1890 est cartonnée, non rog.

522. **Sand** (Maurice). Masques et Bouffons, comédie italienne. Texte et dessins. Gravures par A. Manceau, préface par George Sand *Paris, A. Lévy*, 1862; 2 vol. gr. in-8, fig. coloriées, demi-rel, mar. vert, dos et coins, tr. dor.

Ouvrage orné de 50 gravures en couleur.

523. **Sand** (George). Mauprat. 10 compositions par Le Blant, gravées à l'eau-forte par H. Toussaint. *Paris, Quantin*, 1886; gr. in-8, pap. vélin, broché.

524. — La Mare au Diable, édition enrichie de 17 illustrations, composées et gravées à l'eau-forte par Edmond Rudaux. *Paris, Quantin*, 1889; grand in-8, broché.

Exemplaire tiré sur papier vélin à la cuve.

525. — Les Beaux Messieurs de Bois-Doré. Illustrations d'Adrien Moreau, gravées sur bois par Brauer, Froment, Meaulle, etc. Eaux-fortes de Boulard, Gery-Bichard et Vion. *Paris, Testard*, 1892; 2 vol. in-4, brochés, et 2 albums cart.

L'un des 25 exemplaires tirés sur papier de Chine, avec la suite des figures en quatre états. Nᵒ 92.

526. **Sardou** (Victorien). Patrie! — Séraphine. *Paris, Michel-Lévy*, 1869 ; 2 vol. in 8, brochés.

Editions originales.

527. **Saulière** (Auguste). Les Leçons conjugales. Contes lestes. Vignettes et eaux-fortes de Henry Somm. *Paris, Dentu*, 1879; in-12, broché.

L'un des 50 exemplaires tirés sur papier de Chine, avec la suite des figures en double état sur Chine et sur Whatman, avant la lettre.

528. **Scarron.** Le Roman comique, peint par Dumont et Pater, et gravé par MM. Surugue père et fils. Lépicié et Audran. *A Paris, chez Surugue*, s. d. (1727-1739); in-fol. obl. de 16 estampes, demi-rel. mar. rouge. dos orné et coins, non rog.

La planche « le poète Roquebrune rompt la ceinture de sa culotte » est remontée.

Très-belles épreuves de cette suite complète, difficile à rencontrer en aussi bon état.

529. — Le Roman comique, avec une préface, par Paul Bourget. Eaux-fortes par Léopold Flameng, *Paris, Jouaust*, 1880 ; 3 vol. in-8 brochés.

L'un des 20 exemplaires tirés sur grand papier de Chine, avec la suite des planches en double état, avant et avec la lettre. N° 15.

530. **Schiller.** Œuvres. Traduction nouvelle, par Ad. Regnier. *Paris, Hachette*, 1859-1862 ; 8 vol. gr. in-8, mar. orange, dent. int., tr. dor.

L'un des 100 exemplaires tirés sur grand papier vélin. N° 63.

531. **Second** (Jean). Les Baisers. Traduction nouvelle par Victor Develay, avec un frontispice d'après Eisen et un portrait. *Paris, Jouaust*, 1872 ; in–8, broché.

L'un des 25 exemplaires tirés sur papier de Chine. N° 13.

532. **Sedaine.** Le Pot-Pourri de Loth, orné de figures et de musique. — La Tentation de S. Antoine, ornée de figures et de musique. *A Londres*, 1781 ; 2 pièces en 1 vol. in–8, texte gravé et 18 figures de Borel, grav. par Elluin, v. marb., fil., dos orné, tr. dor.

Les figures sont coloriées. — Très-bel exemplaire.

533. **Sévigné** (Mme de). Lettres de Mme de Sévigné, de sa famille et de ses amis, recueillies et annotées par M. Monmerqué. Nouvelle édition, revue sur les autographes et les plus anciennes impressions. *Paris, Hachette*, 1862–1865 ; 14 vol. — Lettres inédites, extraites d'un ancien manuscrit, publiées pour la première fois par Ch. Capmas. *Paris, Hachette*, 1876 : 2 vol. — Ensemble 16 vol. gr. in–8, avec appendice et album, brochés.

De la collection des Grands Écrivains de la France. — L'un des 150 exemplaires tirés sur grand papier vélin. N° 143. — Rare.

534. — Lettres choisies, avec une notice par M. Poujoulat. Eaux–fortes par V. Foulquier. *Tours, Alfred Mame et fils*, 1871 ; in–4, mar. La Vallière, fil., dos orné, dent. int., tr. dor. (*Masson-Debonnelle*.)

Exemplaire tiré sur papier vergé. N° 82.

535. **Shakespeare** (W.). Œuvres complètes. Traduites par François-Victor Hugo. *Paris, Lemerre*, s. d., 16 tomes en 17 vol. pet. in-12, brochés.

536. **Silvestre** (Armand) et Eugène **Morand.** Grisélidis. Mystère en trois actes, un prologue et un épilogue en vers libres. *Paris, Kolb*, 1891; gr. in-8, pap. vélin, broché.

Edition originale.

537. **Singer.** Dictionnaire des Roses, ou guide général du Rosiériste. *Paris, Goin*, 1885; 2 vol. in-12. planches hors texte, brochés.

538. **Société de l'Histoire de Normandie.** Collection des publications de cette société depuis l'origine, 1870; 58 vol. in-8, brochés.

Comprenant : Chronique de Pierre Cochon. — Actes de la chambre des comptes. — Chronique de Robert de Torigny, 2 vol. — Mont-Saint-Michel, 2 vol. — Le Canarien. — Histoire du diocèse de Coutances, 3 vol — Fondation du Havre. — Cahiers des Etats de Normandie, 8 vol. — Mémoires de Bigot de Monville. — Mémoires du sieur Du Fossé, 4 vol. — Histoire de l'Abbaye du Tréport, 2 vol., manque le 1er vol. — L'ancien Coutumier de Normandie, 2 vol. — Histoire de Saint-Pierre de Jumièges, 2 vol. (manque le tome Ier). — Le Dragon normand. — Documents extraits du Mercure. — Chronique du Bec. — Documents sur Neufchâtel. — Documents relatifs à la marine. — Mélanges, 4 vol. — Ystoire de li Normant. — Inventaire de Pierre Surreau. — Œuvres de Robert Blondel, 2 vol. — Histoire de Neufchâtel. — Diocese de Bayeux, 3 vol. — Echevins de Rouen, 2 vol. — Deux Chroniques de Rouen. — Fiefs du Bailliage de Caux. — Correspondance de Miromesnil, 2 vol. — Histoire de la Congrégation de Savigny, 3 vol. — Les trois Siecles palinodiques, 2 vol.; avec le Bulletin de la Société, années 1870, 1875 à 1899.

539. **Société rouennaise de Bibliophiles.** Collection des publications de cette Société depuis l'origine 1871 à l'année 1899. 45 vol. pet. in-4, brochés. Grand plan de Gomboust, en feuilles.

Collection complete (tirage à 75 exemplaires) contenant : Messe de l'abbé Perchel. — Bouquets de l'Eperonnière Angot. — Vie de Robert Angot. — Cérémonies publiques à Rouen. — Description des Antiquités de Rouen. — Mercure de Gaillon. — Procès de Nic. Piedevant. — Hérésie à Dieppe. — Poésie d'Antoine Corneille. — Epistre de G. Le Rouille. — Ligue en Normandie. — Réformation à Dieppe, 2 vol. — Invasions d'oiseaux. — Funérailles de Villars. — Œuvres d'Henri d'Andeli. — Chansons de Roger d'Andeli. — Conceptions de Vauborel. — Louis XIII et les Notables en 1617. — Le Château fortifié. — Dits de Hue, archevesque. — Entrée de Henri II à Rouen. — Entrée de Henri IV a Rouen. — Les Antiquités d'Harfleur. — Satires de Garaby de la Luzerne. — Statuts de la Charité. — Les Marionnettes chez les Augustins. — La Muse normande, 5 vol. — Livre du Champ d'or. — Rouen ridicule. — Le Parnasse burlesque. — Recueil de vers de

Marbeuf — Les Eaux d'Eauplet. — Critique des Eaux. — L'Avaricieux. — Une Expertise en écriture. — Mazarinades normandes, 3 vol. — Chef-d'Œuvre poétique de l'Eperonnière Angot. — Embrasement d'un vaisseau près Dieppe. — Deuxième voyage de Jean Ribaut à la Floride. — Relation du siége de Rouen, par Valdory. — On a ajouté à l'exemplaire les comptes-rendus et procès-verbaux.

540. **Sonnets et eaux-fortes** par Jean Aicard, Th. de Banville, Aug. Barbier, Fr. Coppée, L. Dierx, Th. Gautier, V. de Laprade, Leconte de Lisle, etc. Eaux-fortes par L. Flameng, Feyen-Perrin, Boilvin, etc *Paris*, *Lemerre*, 1869; pet. in-fol. dans un carton.

Exemplaire tiré sur papier de Chine. — Très-rare.

541. **Staal-Delaunay.** Mémoires. Avec une préface par Mme la baronne Double, et 41 eaux-fortes par Ad. Lalauze. *Paris*, *Jouaust*, 1890; 2 vol. in-8, brochés.

L'un des 20 exemplaires tirés sur grand pap. de Chine, avec la suite des planches en double état, avant et avec la lettre. N° 17. — Rare.

542. **Staël** (Mme de). Œuvres. *Paris*, *Charpentier*, 1843-1861; 5 vol. in-12, demi-rel. ch. violet, tr. jasp.

Contenant : Considération sur la Révolution française. — Delphine. — De l'Allemagne. — Corinne. — Mémoires.

543. **Sterne** (Laurence). Voyage sentimental en France et en Italie. Introduction nouvelle par Alfred Hédouin. 6 eaux-fortes par Edmond Hédouin. *Paris*, *Jouaust*, 1875; in-8 broché.

L'un des 15 exemplaires tirés sur grand pap. de Chine, avec la suite des planches en double état, avant et avec la lettre. N° 8.

544. **Straparole** (Seigneur J.-F.). Les Facétieuses nuits, traduites par J. Louveau et P. de Larivey. Publiées avec une préface et des notes par G. Brunet. 14 dessins de J. Garnier, gravés à l'eau-forte par Champollion. *Paris*, *Jouaust*, 1882; 4 vol, in-8, brochés.

L'un des 20 exemplaires tirés sur grand papier de Chine, avec la suite des planches en double état, avant et avec la lettre. N° 17.

545. **Sue** (Eugène). Les Mystères de Paris. Nouvelle édition revue par l'auteur. *Paris*, *Ch. Gosselin*, 1843-1844; 4 vol. in-4. fig. de Daubigny et autres, demi-rel. mar. La Vallière, dos et coins, tête dor., non rog. (*Champs.*)

Bel exemplaire, avec les couvertures conservées.

546. **Swift.** Voyages de Gulliver. *Paris*, *Leclère*, 1860; 2 tomes en 4 vol. in-12, pap. de Hollande, fig. de Le Febvre, gr. par Masquelier, mar. La Vallière jans., dent. int., tr. dor. (*Belz.*)

Charmant exemplaire.

547. — Les quatre Voyages du capitaine Lemuel-Gulliver. Traduction de l'abbé Desfontaines, revue, complétée et précédée d'une notice par H. Reynald. Gravures à l'eau-forte par Lalauze. *Paris, Jouaust*, 1875 ; 4 vol. in-8, brochés.

L'un des 15 exemplaires tirés sur grand pap. de Chine, avec la suite des planches en double état, avant et avec la lettre. N° 12.

548. **Tasse** (le). Jérusalem délivrée. Poème traduit de l'italien (par Le Brun). Nouvelle édition enrichie de la vie du Tasse (par Suard). *Paris, Bossange et Masson*, 1814 ; 2 vol. in-8, demi-rel. mar. ch. vert., tr. jasp.

Exemplaire tiré sur pap. vélin, avec portrait et 20 figures de Lebarbier, gravées par Dambrun, Delignon, Delvaux, etc., épreuves avant la lettre.

549. **Tennyson** (Alfred). Elaine. Poème traduit de l'anglais par Fr. Michel. Avec 9 gravures sur acier, d'après les dessins de Gustave Doré. *Paris, Hachette*, 1867 ; in-fol., cart. percal., non rog.

550. **Théophile.** Le Parnasse satyrique du sieur Théophile, avec le recueil des plus excellens vers satyriques de ce temps. Nouvelle édition, avec notes et Glossaire. *Gand, Duquesne*, 1861 ; 2 vol. pet in-8, pap. Hollande, demi-rel. mar. citron, dos et coins, tête dor., non rog. (*David*).

551. **THEURIET** (André). **REINE DES BOIS.** Illustré par H. Laurent-Desrousseaux. *Paris, Boussod, Valadon et Ce*, 1890 ; in-4 et album, broché.

L'un des 60 exemplaires tirés sur pap. du Japon, contenant deux suites des planches : la 1re, imprimée en camaïeu sur pap. Whatman ; la 2e, imprimée en bistre sur pap. du Japon.

552. **Thiers** (A.). Histoire de la Révolution française. *Paris, Lecointe*, 1834 ; 10 vol. in-8, figures de Raffet, Tony Johannot, etc., demi-rel. v. rose, tr. jasp.

553. — Histoire de la Révolution française. *Paris, Furne*, 1861 ; 10 vol. in-8, figures de Raffet et autres, demi-rel, ch. vert, tr. jasp.

554. — Histoire du Consulat et de l'Empire. *Paris, Paulin*, 1845-1862 ; 20 vol. in-8, figures, demi-rel. ch. vert, tr. jasp.

555. **THIERS** (A.). **HISTOIRE DE LA RÉVOLUTION FRANÇAISE.** *Paris, Furne, Jouvet et Ce*, 1865 ; 10 vol. gr. in-8, fig. et atlas, in-fol., mar. La Vallière, jans., dent. int., tr. dor.

L'un des 200 exemplaires tirés sur pap. de Hollande, avec les figures sur Chine. — n° 156. — Rare.

556. **THIERS** (A.). **HISTOIRE DU CONSULAT ET DE L'EMPIRE.** *Paris, Paulin*, 1845-1862; 20 vol. in-8, fig. et atlas in-fol., mar. La Vallière, jans., dent. int., tr. dor.

Superbe exemplaire tiré sur pap. vélin, n° 15, avec lettre de l'éditeur attestant le tirage sur ce papier de luxe. — Rare.

557. **Timon** (de Cormenin). Livre des Orateurs. Douzième édition, ornée de 27 portraits gravés sur acier. *Paris, Pagnerre*, 1842; gr. in-8, demi-rel. mar. rouge, dos orné et coins, tête dor., non rogné (*Petit*).

558. **Tracas de la Foire du Pré.** Facétie normande attribuée à Gaultier-Garguille, commentée par Epiphane Sidredoulx. *Turin, Gay et fils*, 1869; in-4, pap. vélin, broché.

Tiré à 100 exemplaires.

559. **Triomphes de l'Abbaye des Conards** (Les). Notice sur la fête des fous, par Marc de Montifaud (Mme Quivogne). *Paris, Jouaust*, 1874; in-12, broché.

L'un des 10 exemplaires tirés sur papier de Chine. N° 4.

560. **Trognon** (Auguste). Vie de Marie-Amélie, reine des Français. *Paris, Michel Lévy*, 1871; in-8, broché.

561. **Turgis** (Edouard). Oissel. Glanes, traditions, souvenirs, Faits contemporains. Planches et vignettes, par G. Morel. *Evreux, Imprimerie de Hérissey*, 1886; gr. in-8, broché.

562. **Uchard** (Mario). Mon Oncle Barbassou. Orné de 40 compositions gravées à l'eau-forte par Paul Avril. *Paris, Lemonnyer*, 1884; gr. in-8, broché.

L'un des 125 exemplaires tirés sur papier du Japon, avec une suite des eaux-fortes terminées, tirées à part, avec le nom de l'artiste à la pointe sèche.

563. **Uzanne** (Octave). L'Eventail. Illustrations de Paul Avril. *Paris, Quantin*, 1882; in-4, fig. en noir et en couleur, couverture illustrée, broché.

Bel exemplaire.

564. — L'Ombrelle. — Le Gant. — Le Manchon. Illustrations de Paul Avril. *Paris, Quantin*, 1883; in-4, fig. en noir et en couleur, couverture illustrée, broché, avec cartonnage en satin.

Bel exemplaire.

565. — La Française du siècle. — Modes. — Mœurs. — Usages. Illustrations à l'aquarelle de Albert Lynch, gravées à l'eau-forte en couleurs, par Eugène Gaujean. *Paris, Quantin*, 1886; in-4, couverture illustrée, broché, avec cartonnage en satin.

Bel exemplaire.

566\. — La Femme à Paris. — Nos Contemporaines. — **Notes successives sur les Parisiennes de ce temps dans leurs divers milieux, états et conditions. Illustrations de Pierre Vidal.** *Paris, May et Motteroz*, 1894 ; in-4, broché (Couv. illustrée)

L'un des 110 exemplaires tirés sur papier du Japon, avec les pl. en double état, noires et en couleurs.

567\. — La Reliure moderne, artistique et fantaisiste. Illustrations d'après les originaux de J. Adeline, G. Fraipont et A. Giraldon. Frontispice de Albert Lynch *Paris, Rouveyre*, 1887 ; gr. in-4, broché (Couverture illustrée).

568\. **Vacandard** (L'Abbé E.). Vie de Saint Bernard, abbé de Clairvaux. *Paris, Lecoffre*, 1895 : 2 vol. in-8, portrait, brochés.

569\. **Vadé.** La Pipe cassée. Poëme épitragipoissardiheroï comique. *Paris, Leclère*, 1866 ; in-8, pap. de Hollande, fig. d'après Eisen. mar. vert, coins dorés, dos orné, dent. int., tr. dor. (*Masson-Debonnelle.*)

Exemplaire richement relié.

570\. **Vauquelin** (Jean). Sieur de la Fresnaie. Les diverses poésies, publiées et annotées, par Julien Travers. *Caen, Imprimerie Le Blanc-Hardel*, 1869 ; 2 vol. in-8, mar. rouge, fil., dos ornés, dent. int. tr. dor (*Masson-Debonnelle.*)

L'un des 200 exemplaires tirés sur papier vergé de Hollande. — Magnifique exemplaire.

571\. **Vauquelin** (Jean). Sieur de la Fresnaie. Les Foresteries ; publiés et annotées par Julien Travers. *Caen, Imprimerie Le Blanc-Hardel*, 1869 ; in-8, mar. rouge, fil., dos orné, dent. int., tr. dor. (*Masson-Debonnelle.*)

L'un des 100 exemplaires tirés sur pap. vergé de Hollande. — Très-bel exemplaire.

572\. **Vauquelin** (Jean). Sieur de La Fresnaie. Œuvres diverses en prose et en vers. Précédées d'un Essai sur l'auteur et suivies d'un glossaire par Julien Travers. *Caen, Imprimerie Le Blanc-Hardel*. 1872 ; in-8, pap. vergé, portrait par L. de Merval. broché.

573\. **Vidocq** (E.-F.). Les Voleurs, phisiologie de leurs mœurs et de leur langage, suivi d'un dictionnaire français-argot, pour servir à l'intelligence du texte. Paris, chez l'auteur, 1837 ; 2 vol. in-8, portrait par Devéria, cartonnés, ébarbés.

574\. **VIE (LA) ET LES MYSTÈRES DE** la Bienheureuse Vierge Marie, Mère de Dieu *Paris et Nantes, H. Charpen-*

tier, 1859; in-fol., planches reproduites en chromolithographie, mar. ch. rouge, ornements sur les plats, dos orné, doublé de moire blanche, dent. int , tr. dorée. Dans un étui.

Ouvrage curieux à cause de ses belles reproductions et de sa riche reliure.

575. **Vigny** (Alfred de). Cinq-Mars, ou une conjuration sous Louis XIII. *Paris, Quantin*, 1889; 2 vol. gr. in-8, fig. et vignettes de Dawant, gr. par Gaujean, brochés.

Exemplaire tiré sur papier vélin à la cuve.

576. **Vinet** (Ernest). Bibliographie méthodique et raisonnée des Beaux-Arts. 1re et 2me livraisons (seules publiées). *Paris, Firmin-Didot*, 1874; 2 fascicules gr. in-8, brochés.

577. **Viollet-Le-Duc** (E.). Habitations modernes, recueillies par E. Viollet-Le-Duc, avec le concours des membres du comité de rédaction de l'Encyclopédie d'Architecture. *Paris, veuve Morel*, 1874-1877; 2 parties in-fol., contenant 200 pl. gravées, en feuilles dans 2 cartons.

578. **VOLTAIRE, ŒUVRES COMPLÈTES** (avec des avertissements et des notes par Condorcet; imprimées aux frais de Beaumarchais). *De l'Imprimerie de la Société typographique* (Kehl), 1784-1789; 70 vol. gr. in 8, fig. de Moreau, mar. rouge, dent., dos ornés, dent. int., tr. dor. *(Rel. anc.)*

Très-bel exemplaire tiré sur grand papier vélin fin, avec la jolie suite de Moreau, et d'une reliure de conservation parfaite.

579. — **ŒUVRES.** Paris, 1802. Deuxième suite des 112 gravures de J.-M. Moreau, composée sous la direction de Renouard; in-4, demi-rel., mar. violet, c., tête dorée.

43 pour le Théâtre.

10 pour la Henriade et 1 frontispice.

21 pour la Pucelle, avec 1 portrait de Delvaux.

33 pour les Contes et Romans.

5 pour le Siècle de Louis XIV, l'Histoire de Charles XII et celle de Pierre-le-Grand, et 34 portraits gravés par de Saint-Aubin.

Cette belle suite, qui provient de la vente Hochart de Lille, est **avant la lettre,** les signatures à la pointe sèche, les portraits avec les tablettes blanches et lettres grises, *à toutes marges.* — Magnifiques épreuves. — Très-rare en cet état.

580. — **ŒUVRES.** Avec préfaces, avertissements, notes, etc., par M. Beuchot. *Paris, Lefèvre*, 1834; 70 vol. gr. in-8. Table analytique rédigée par P.-A. Miger, 1841; 2 vol. in-8. — Ensemble 72 vol., demi-rel. v. fauve, tr. jasp.

Superbe exemplaire tiré sur grand pap. vélin, auquel on a ajouté la suite des figures de Desenne, épreuves sur pap. de Chine *avant la lettre*, avec les titres sur les papiers de soie. — Quelques taches de rousseur.

581. — **ŒUVRES**, suite de 70 gravures et 10 portraits de Desenne; in-4, demi-rel. mar. violet, coins, tête dorée.

Cette magnifique suite provient de la vente Hochart de Lille. *Elle est avant la lettre* et avec **les eaux-fortes**, chaque épreuve est avec le titre sur papier de soie, grandes marges. — Très-rare.

582. **Voltaire** (de). Romans et Contes. *A Bouillon, aux dépens de la Société Typographique*, 1778; 3 vol. in-8, portrait, vignettes par Monnet et 57 fig. par Marillier, Monnet et Moreau, v. fauve, fil., tr. dor. (*Rel. anc.*).

Belles épreuves.

583. **Voltaire.** La Pucelle d'Orléans. Poème en 21 chants. Edition ornée de figures gravées par Duplessis-Bertaux. *Paris, Leclère*, 1865; 2 vol. gr. in-8, mar. bleu, fil., dos ornés, dent., int., tr. dor. (*Masson-Debonnelle*).

L'un des 50 exemplaires tirés sur grand papier vélin, aux frais et pour le compte des souscripteurs.

584. — La Pucelle d'Orléans. Poème en 21 chants. Edition ornée de figures gravées par Duplessis-Bertaux. *Paris, Leclère*, 1865; 2 vol. in-8, mar. bleu, dos ornés, dent. int., tr. dor. (*Masson-Debonnelle*).

Tirée à 200 exemplaires.

585. — Romans : Zadig. — Candide. — L'Ingénu. — La Princesse de Babylone. — Lettres d'Amabed, suivies du Taureau blanc. Préface par Arsène Houssaye. Eaux-fortes par Laguillermie. *Paris, Jouaust*, 1878; 5 vol. in-8, brochés.

L'un des 20 exemplaires tirés sur grand pap. de Chine, avec la suite des planches en double état, avant et avec la lettre. Nº 5.

586. — Candide ou l'Optimisme. Edition originale suivie d'une lettre de M. Demad et de notes et variantes. *Paris, Jouaust*, 1869; in-8, portrait, broché.

L'un des 20 exemplaires tirés sur grand pap. Whatman, portrait avant la lettre. Nº 26. Auquel on a ajouté la suite des eaux-fortes de Laguillermie.

587. — Candide ou l'Optimisme. Préface de Francisque Sarcey. Illustrations de Adrien Moreau, *Paris, Boudet*, 1893; gr. in-8, broché.

Exemplaire tiré sur papier à la forme des papeteries du Marais.

588. — Le Sottisier de Voltaire publié, pour la première fois d'après une copie authentique. Avec une préface par L. Léouzon-Le Duc. *Paris, Jouaust*, 1880; in-8, broché.

Exemplairé tiré sur pap. de Hollande. Nº 279.

589. — La Pucelle. édit. de 1795. Suite de 1 portrait et de 21 figures in-4, par Lebarbier, Marillier, Monnet et Mousiau, gravées par Bacquoy, Choffard, Delignon, Delvaux, Lemire, etc.

Belles épreuves, grandes marges.

590. — Romans. Suite de 22 eaux-fortes d'après Monnet et Marillier, gravées par Louis Monziès.

Tirage avant lettre sur papier de Chine in-4, toutes marges.

591. — Les mêmes. Tirage avant lettre, sur papier de Chine, in-4, toutes marges.

592. — Les mêmes. Tirage sanguine avant lettre, sur papier de Chine, in-4, toutes marges, rare.

593. **Walter Scott**. Œuvres. Traduction nouvelle par Albert Montémont. *Paris*, *Armand Aubrée*, 1830-1832; 27 vol. in-8, figures, demi-rel. ch. vert, tr. jasp.

594. **Whist** à trois ou à mort, de *Ch. Lahure*. *Paris*, 1886; in-12, cartonné, tr. rouge. *Dormoy*, l'Ecarté. *Paris*, in-12, s. d.; cartonné, tranche rouge.

595. **Willemin** (N.-X.). Monuments français inédits, pour servir à l'histoire des arts, depuis le VIe siècle jusqu'au commencement du XVIIe, dessinés, gravés et coloriés d'après les originaux, et accompagnés d'un texte historique et descriptif par André Pottier. *Paris*, *Mlle Willemin*, 1839; 2 vol. in-fol., demi-rel. mar. rouge, dos et coins, tête dor., non rognés.

Très-bel exemplaire avec les planches coloriées.

596. **Yriarte** (Charles). Goya. Sa biographie, les fresques, les toiles, les tapisseries, les eaux-fortes et le catalogue de l'œuvre, avec 50 planches inédites, d'après les copies de Tabar, Bocourt et Ch. Yriarte. *Paris*, *Plon*, 1867; gr. in-4, mar. vert, fil., dos orné, dent. int., tr. dor. (*Capé*, *Masson-Debonnelle*).

Exemplaire tiré sur pap. vélin, à petit nombre. N° 75.

597. **Zaconne** (V.-J.). Les Plantes fouragères. 60 planches représentant les graminées en grandeur naturelle. Avec légende explicative. *Paris*, *Rothschild*. 1874; in-fol., cart., non rogné.

598. **Zacharie.** Les Quatre Parties du Jour (traduit de l'allemand par Muller). *Paris*, *Musier*, 1769; gr. in-8, figures d'Eisen, v. marb., fil.

Exemplaire tiré sur grand papier.

599. **Zola** (Emile). Nouveaux Contes à Ninon. Un frontispice et 30 compositions dess. et gr. à l'eau-forte par Ed. Rudaux. *Paris, Conquet*, 1886; 2 vol. in-8, brochés.

Exemplaire sur papier vélin. N° 207.

600. — *Guy de Maupassant, I.-K. Huysmans*. Les Soirées de Médan, avec les portraits des six auteurs, eaux-fortes de F. Desmoulins et 6 compositions de Jeanniot. *Paris, Charpentier*, 1890; gr. in-8. pap. vélin teinté, broché.

601. — La Terre. *Paris, Charpentier*, 1887. — La Bête humaine. *Paris, Charpentier*, 1890. — L'Argent. *Paris, Charpentier*, 1891. — Ensemble 3 vol. in-12, brochés.

Editions originales.

Rouen. — Imp. du Nouvelliste, rue St-Etienne-des-Tonneliers,